LE SUCCESSEUR

接班人

Ismail Kadaré

[阿尔巴尼亚] 伊斯梅尔·卡达莱 / 著

李玉民 / 译

南方出版传媒
花城出版社

中国·广州

图书在版编目（CIP）数据

接班人／（阿尔巴）卡达莱著；李玉民译. -- 广州：花城出版社，2015.7（2016.11重印）
（蓝色东欧／高兴主编. 第4辑）
ISBN 978-7-5360-7607-5

Ⅰ. ①接… Ⅱ. ①卡… ②李… Ⅲ. ①长篇小说－阿尔巴尼亚－现代 Ⅳ. ①I541.45

中国版本图书馆CIP数据核字(2015)第171473号

合同版权登记号：图字19－2013－064号
LE SUCCESSEUR
Copyright © 2003, Librairie Arthème Fayard
All rights reserved

出 版 人：	詹秀敏
丛书策划：	肖建国　朱燕玲　孙虹
出版统筹：	李倩倩
责任编辑：	杜小烨
技术编辑：	薛伟民　凌春梅
装帧设计：	棱角视觉 ANGULAR VISION
封面供图：	子夏

书　　名	接班人 JIEBANREN	
出版发行	花城出版社 （广州市环市东路水荫路11号）	
经　　销	全国新华书店	
印　　刷	恒美印务（广州）有限公司 （广州南沙经济技术开发区环市大道南路334号）	
开　　本	880毫米×1230毫米　32开	
印　　张	5.875　2插页	
字　　数	110,000字	
版　　次	2015年7月第1版　2016年11月第2次印刷	
定　　价	29.00元	

本书中文专有出版权归花城出版社独家所有，非经本社同意不得连载、摘编或复制。
如发现印装质量问题，请直接与印刷厂联系调换。
购书热线：020－37604658　37602954
欢迎登陆花城出版社网站：http://www.fcph.com.cn

接班人

目　录
CONTENTS

记忆，阅读，另一种目光（总序）/ 高兴 / 1
小说中的精彩历史（中译本前言）/ 李玉民 / 1

第一章　自杀的十二月 / 1
第二章　尸体剖检 / 23
第三章　温馨的回忆 / 53
第四章　失　势 / 88
第五章　导　师 / 116
第六章　建筑师 / 136
第七章　接班人 / 151

记忆,阅读,另一种目光

(总序)

高兴

昆德拉说过:"人的一生注定扎根于前十年中。"我想稍稍修改一下他的说法:"人的一生注定扎根于童年和少年中。"童年和少年确定内心的基调,影响一生的基本走向。

不得不承认,二十世纪五六十年代出生的人都有着不同程度的俄罗斯情结和东欧情结。这与我们的成长有关,与我们的童年、少年和青春岁月有关。而那段岁月中,电影,尤其是露天电影又有着怎样重要的影响。那时,少有的几部外国电影便是最最好看的电影,它们大多来自东欧国家,几乎吸引了所有人的目光,是我们童年的节日。在某种意义上,甚至可以说,它们还是我们的艺术启蒙和人生启蒙,构成童年最温馨、最美好和最结实的部分。

还有电影中的台词和暗号。你怎能忘记那些台词和暗号。它们已成为我们青春的经典。最最难忘的是《瓦尔特保卫萨拉热窝》。"'空气在颤抖,仿佛天空在燃烧。''是啊,暴风雨来了。'""看,这座城市,它就是瓦尔特。"简直就是诗歌。是我们接触到的最初的诗歌。那么悲壮有力的诗歌。真正有震撼力的诗歌。诗歌,就这样和英雄主义和浪漫主义,紧紧地连接在了一道。

还有那些柔情的诗歌。裴多菲,爱明内斯库,密茨凯维奇。要知道,在二十世纪七八十年代,读到他们的诗句,绝对会有触电般的感觉。而所有这一切,似乎就浓缩成了几粒种子,在内心深处生根,发芽,成长为东欧情结之树。

然而,时过境迁,我们需要重新打量"东欧"以及"东欧文学"这一概念。严格来说,"东欧"是个政治概念,也是个历史概念。过去,它主要指波兰、捷克斯洛伐克、匈牙利、罗马尼亚、保加利亚、南斯拉夫、阿尔巴尼亚七个国家。因此,在当时,"东欧文学"也就是指上述七个国家的文学。这七个国家,加上原先的东德,都曾经是以苏联为首的华沙条约组织的成员。

一九八九年底,东欧发生剧变。此后,苏联解体,华沙条约组织解散,捷克和斯洛伐克分离,南斯拉夫各共和国相继独立,所有这些都在不断改变着"东欧"这一概念。而实际情况是,波兰、捷克、匈牙利、罗马尼亚等国家甚至都不再愿意被称为东欧国家,它们更愿意被称为中欧或中南欧国家。同样,不少上述国家的作家也竭力抵制和否定这一概念。在他们看来,东欧是个高度政治化、笼统化的概念,对文学定位和评判,不太有利。这是一种微妙的姿态。在这种姿态中,民族自尊心也发挥着不可估量的作用。

但在中国,"东欧"和"东欧文学"这一概念早已深入人心,有广泛的群众和读者基础,有一定的号召力和亲和力。因此,继续使用"东欧"和"东欧文学"这一概念,我觉得无可厚非,有利于研究、译介和推广这些特定国家的文学作品。事实上,欧美一些大学、研究中心也还在继续使用这一概念。只不过，今日，当我们提到这一概念，涉及的就不仅仅是七个国家，而应该包含更多的国家：立陶宛、摩尔多瓦等独联体国家，还有波黑、克罗地亚、斯洛文尼亚、塞尔维亚、黑山等从南斯拉夫联盟独立出来的国家。我们之所以还能把它们作为一个整体来谈论，是因为它们有着太多的共同点：都是欧洲弱小国家，历史上都曾不断遭受侵略、瓜分、吞并和异族统治，都曾把民族复兴当作最高目标，都是到了十九世纪末二十世纪初才相继获得独立，或得到统一，第二次世界大战后都走过一段相同或相似的社会主义道路，一九八九年后又相继推翻了共产党政权，走上了资本主义发展道路。之后，又几乎都把加入北约、进入欧盟当作国家政策的重中之重。这二十年来，发展得都不太顺当，作家和文学都陷入不同程度的困境。用饱经风雨、饱经磨难来形容这些国家，十分恰当。

　　换一个角度，侵略，瓜分，异族统治，动荡，迁徙，这一切同时也意味着方方面面的影响和交融。甚至可以说，影响和交融，是东欧文化和文学的两个关键词。看一看布拉格吧。生长在布拉格的捷克著名小说家伊凡·克里玛，在谈到自己的城市时，有一种掩饰不住的骄傲："这是一个神秘的和令人兴奋的城市，有着数十年甚至几个世纪生活在一起的三种文化优异的和富有刺激性的混合，从而创造了一种激发人们创造的空气，即捷克、德国和犹太文化。"[①]

　　克里玛又借用被他称作"说德语的布拉格人"乌兹迪尔的笔为我们描绘了一个形象的、感性的、有声有色的布拉格。这是一个具有超民族性的神秘的世界。在这里，你很容易成为一个世界主义者。这里有幽静的小巷、热闹的夜总会、露天舞台、剧院和形形色色的小餐馆、小店铺、小咖啡屋和小酒店。还有无数学生社团和文艺沙龙。自然也有五花八门的妓院和赌场。布拉格是敞开的，是包容的，是休闲的，是艺术的，是世俗的，有时还是颓废的。

[①] 见伊凡·克里玛《布拉格精神》第44页，崔卫平译，作家出版社1998年版。

布拉格也是一个有着无数伤口的城市。战争、暴力、流亡、占领、起义、颠覆、出卖和解放充满了这个城市的历史。饱经磨难和沧桑，却依然存在，且魅力不减，用克里玛的话说，那是因为它非常结实，有罕见的从灾难中重新恢复的能力，有不屈不挠同时又灵活善变的精神。如果要用一个词来形容布拉格的话，克里玛觉得就是：悖谬。悖谬是布拉格的精神。

或许悖谬恰恰是艺术的福音，是艺术的全部深刻所在。要不然从这里怎会走出如此众多的杰出人物：德沃夏克，雅那切克，斯美塔那，哈谢克，卡夫卡，布洛德，里尔克，塞弗尔特，等等。这一大串的名字就足以让我们对这座中欧古城表示敬意。

布拉格如此，萨拉热窝、华沙、布加勒斯特、克拉科夫、布达佩斯等众多东欧城市，均如此。走进这些城市，你都会看到一道道影响和交融的影子。

在影响和交融中，确立并发出自己的声音，十分重要。不少东欧作家为此做出了开拓性和创造性的贡献。我们不妨将哈谢克和贡布罗维奇当作两个案例，稍加分析。

说到捷克作家哈谢克，我们会想起他的代表作《好兵帅克》。以往，谈论这部作品，人们往往仅仅停留于政治性评价。这不够全面，也容易流于庸俗。《好兵帅克》几乎没有什么中心情节，有的只是一堆零碎的琐事，有的只是帅克闹出的一个又一个的乱子，有的只是幽默和讽刺。可以说，幽默和讽刺是哈谢克的基本语调。正是在幽默和讽刺中，战争变成了一个喜剧大舞台，帅克变成了一个喜剧大明星，一个典型的"反英雄"。看得出，哈谢克在写帅克的时候，并没有考虑什么文学的严肃性。很大程度上，他恰恰要打破文学的严肃性和神圣感。他就想让大家哈哈一笑。至于笑过之后的感悟，那就是读者自己的事情了。这种轻松的姿态反而让他彻底放开了。借用帅克这一人物，哈谢克把皇帝、奥匈帝国、密探、将军、走狗等等统统给骂了。他骂得很过瘾，很解气，很痛快。读者，尤其是捷克读者，读得也很过瘾,很解气,很痛快。幽默和讽刺于是又变成了一件有力的武器,特别适用于捷克这么一个弱小的民族。哈谢克最大的贡献也正在于此:为捷克民族和捷克文学找到了一种声音,确立了一种传统。

而波兰作家贡布罗维奇与哈谢克不同,恰恰是以反传统而引起世人瞩目的。他坚决主张让文学独立自主。在二十世纪三四十年代,贡布罗维奇的作品在波兰文坛显得格外怪异离谱,他的文字往往夸张扭曲,人物常常是漫画式的,他们随时都受到外界的侵扰和威胁,内心充满了不安和恐惧,像一群长不大的孩子。作家并不依靠完整的故事情节,而是主要通过人物荒诞怪僻的行为,表现社会的混乱、荒谬和丑恶,表现外部世界对人性的影响和摧残,表现人类的无奈和异化以及人际关系的异常和紧张。长篇小说《费尔迪杜凯》就充分体现出了他的艺术个性和创作特色。

捷克的赫拉巴尔、昆德拉、克里玛、霍朗,波兰的米沃什、赫贝特、希姆博尔斯卡,罗马尼亚的埃里亚德、索雷斯库、齐奥朗,匈牙利的凯尔泰斯、艾什特哈兹,塞尔维亚的帕维奇、波帕,阿尔巴尼亚的卡达莱……如此具有独特风格和魅力的当代东欧作家实在是不胜枚举。

某种程度上,东欧曾经高度政治化的现实,以及多灾多难的痛苦经历,恰好为文学和文学家提供了特别的土壤。没有捷克经历,昆德拉不可能成为现在的昆德拉,不可能写出《可笑的爱》《玩笑》《不朽》和《难以承受的存在之轻》这样独特的杰作。没有波兰经历,米沃什也不可能成为我们所熟悉的将道德感同诗意紧密融合的诗歌大师。但另一方面,需要注意的是,由于语言的局限以及话语权的控制,东欧文学也极易被涂上浓郁的意识形态色彩。应该承认,恰恰是意识形态色彩成全了不少作家的声名。昆德拉如此。卡达莱如此。马内阿如此。赫尔塔·米勒亦如此。我们在阅读和研究这些作家时,需要格外地警惕。过分地强调政治性,有可能会忽略他们的艺术性和丰富性。而过分地强调艺术性,又有可能会看不到他们的政治性和复杂性。如何客观地、准确地认识和评价他们，同样需要我们的敏感和平衡。

一个美国作家，一个英国作家，或一个法国作家，在写出一部作品时，就已自然而然地拥有了世界各地广大的读者，因而，不管自觉与否，他，或她，很容易获得一种语言和心理上的优越感和骄傲感。这种感觉东欧作家难以体会。有抱负的东欧作家往往会生出一种紧迫感和危机感。他们要用尽全力将弱势转化为优势。昆德拉就反复强调，身处小国，你"要么做一个可怜的、眼光狭窄的人"，要么成为一个广闻博识的"世界性的人"。别无选择，有时，恰恰是最好的选择。因此，东欧作家大多会自觉地"同其他诗人，其他世界，和其他传统相遇"（萨拉蒙语）。昆德拉、米沃什、齐奥朗、贡布罗维奇、赫贝特、卡达莱、萨拉蒙等等东欧作家都最终成为"世界性的人"。

关注东欧文学，我们会发现，不少作家，基本上，都在出走后，都在定居那些发达国家后，才获得一定的国际声誉。贡布罗维奇、昆德拉、齐奥朗、埃里亚德、扎加耶夫斯基、米沃什、马内阿、史沃克莱茨基等等都属于这样的情形。各种各样的原因，让他们选择了出走。生活和写作环境、意识形态原因、文学抱负、机缘等，都有。再说，东欧国家都是小国，读者有限，天地有限。

在走和留之间，这基本上是所有东欧作家都会面临的问题。因此，我们谈论东欧文学，实际上，也就是在谈论两部分东欧文学：海外东欧文学和本土东欧文学。它们缺一不可，已成为一种事实。

在我国，东欧文学译介一直处于某种"非正常状态"。正是由于这种"非正常状态"，在很长一段岁月里，东欧文学被染上了太多的艺术之外的色彩。直至今日，东欧文学还依然更多地让人想到那些红色经典。阿尔巴尼亚的反法西斯电影，捷克作家伏契克的《绞刑架下的报告》，保加利亚的革命文学，都是典型的例子。红色经典当然是东欧文学的组成部分，这毫无疑义。我个人阅读某些红色经典作品时，曾深受感动。但需要指出的是，红色经典并不是东欧文学的全部。若认为红色经典就能代表东欧文学,那实在是种误解和误导,是对东欧文学的狭隘理解和片面认识。因此,用艺术目光重新打量、重新梳理东欧文学已成为一种必须。为了更加客观、全面地翻译和介绍东欧文学,突出东欧文学的艺术性,有必要颠覆一下这一概念。蓝色是流经东欧不少国家的多瑙河的颜色,也是大海和天空的颜色,有广阔和博大的意味。"蓝色东欧"正是旨在让读者看到另一种色彩的东欧文学,看到更加广阔和博大的东欧文学。

二〇一三年十月三十一日定稿于北京

主编简介:高兴,诗人、翻译家,一九六三年出生于江苏省吴江市。中国作家协会会员。现为中国社会科学院外国文学研究所研究员,《世界文学》主编。曾以作家、翻译家、外交官和访问学者身份游历过欧美数十个国家。出版过《米兰·昆德拉传》《东欧文学大花园》《布拉格,那蓝雨中的石子路》等专著和随笔集;主编过《二十世纪外国短篇小说编年·美国卷》(上、下册)、《伊凡·克里玛作品系列》(5卷)、《水怎样开始演奏》、《诗歌中的诗歌》、《小说中的小说》(2卷)等大型图书。主要译著有《梵高》《黛西·米勒》《雅克和他的主人》《可笑的爱》《安娜·布兰迪亚娜诗选》《我的初恋》《索雷斯库诗选》《梦幻宫殿》《托马斯·温茨洛瓦诗选》等。

小说中的精彩历史

(中译本前言)

李玉民

自从人类社会进入高速发展的时代，现实就不断飞速变为历史，也就意味着进入遗忘的领域。只因世人极力适应这种快节奏生活，刚刚经历的事情未待细细体味，甚至来不及理解，便统统丢进历史堆了。

积累的遗忘，又难免化为遗憾，在快车道上行驶了几十年，开始觉得心为所累，这才想起还有慢车道。生活节奏慢下来，回首前尘，但乡愁又添另一类乡愁，自己本想归属的模糊不清了，更不用说发生过重大事件的时代背景。

什么著作能写出我们经历的时代，填补我们记忆的空白？恐难指望历史著作。时间太近，不好写或者不便写，有些事件甚至讳莫如深。幸好还可以寄希望于历史小说。

历史小说与生俱来的特点：能上溯远古，下至当今，不拘时间选取题材，而且处理起来可化实为虚，无所顾忌。譬如雨果的《巴黎圣母院》，就是展现十五世纪起巴黎的风俗，表现人类苦难的宗教根源的一部历史画卷。大仲马的《三剑客》，让法国国王路易十三和王后上场，让宰相红衣主教黎塞留、英国首相白金汉等历史人物上场，讲述十七世纪法国宫廷的政治斗争和宗教战争，对法国人来说，这部小说几乎成为那段历史的教科书。

写当代的历史小说，这本《接班人》便是一部。在阿尔巴尼亚指定的接班人死亡事件过后仅二十年，作者就以这一震惊世界的政治事件为中心，摹写阐明阿尔巴尼亚那段最晦暗的历史的种种谜团。

作者伊斯梅尔·卡达莱，在蓝色东欧第一辑中已推出三部中译本小说，其中《石头城纪事》让我领略了卡达莱高超的创作技艺。我在翻译过程中，喜爱之情不由得流注笔端。正因为如此，我欣然接受花城出版社之邀，译出了《接班人》。

《接班人》写于二〇〇二至二〇〇三年间，是卡达莱最近一部力作。从广义上讲，《石头城纪事》和《接班人》，都可以称为历史小说。前者通过一个七八岁少年的慧眼，以魔幻式的、童话式的奇思异想，再现了第二次世界大战期间，吉诺卡斯特（恩维尔·霍查和伊斯梅尔·卡达莱的故乡）这座石头城的历史现实。后者以霍查指定的接班人神秘死亡为导线，引出霍查政权晚期的特色和种种政治谜局。

这两部小说，各属不同的系列。《石头城纪事》是卡达莱童年的记忆，随后还有续集、回忆少年时期的三部曲，总题为《三时段》，背景不离他的家乡吉诺卡斯特。《接班人》背景为阿尔巴尔尼的政治中心地拉那，并由作者赋予古往今来的世界视野，与《阿伽门农的女儿》组成姊妹篇，给世界文学的伟大典型的家庭增添了新成员，跻身于犹大、阿伽门农、布鲁图斯等等人物的行列。

《石头城纪事》和《接班人》，在这里相提并论，并非作者的本意，仅仅在我的翻译日程上相遇，却有了一种历史意义：这两部小说构成了霍查政权的一始一终。

恩维尔·霍查于一九四一年创建阿尔巴尼亚劳动党，正值国家被意大利法西斯军队占领期间，三十多岁的霍查领导爱国志士上山打游击。他在《石头城纪事》中没有直接出场，只是若隐若现，但已经成为正义力量的象征，意大利当地驻军司令官就张贴告示，出三万列克赏金要霍查的脑袋，结果这个侵略军司令反被爱国青年给干掉了。青年纷纷上山投奔游击队，他们很快又下山迎接胜利。新生的红色政权在城中亮相，游击队小组除奸行动，要按照名单处决"人民的敌人"。一名独臂游击队员端着冲锋枪，准备处死鞋匠父子，一个少女扑上来保护他们，那游击队员独臂一抖动，连同少女一起打死了。此事被巡逻队发现，找来三人审理小组。经过查证讨论，一个人宣判："游击队员塔尔邦雅库，因为滥用革命暴力，你要被枪毙。"而且立即执行。

革命暴力不可滥用，表明新生政权的自信和正义性，这就是《石头城纪事》在魔幻氛围中透露出来的精彩历史：霍查领导的劳动党，战后夺取政权是历史的必然。

精彩的历史，在《接班人》中尤为精彩。国家二号人物，接班人之死，牵动了国家每一根神经，作者尝试剖检了霍查政权的败象：政权初创时的自信和正义性荡然无存，代之以渗透到全社会的相互猜疑和权力角逐。

在争权夺利和政治漩涡中，凡是大人物神秘死亡事件，都是文学作品的好素材。这里不必列举莎氏的《哈姆雷特》《阿伽门农的女儿》，恺撒之死、肯尼迪之死等古今著名例证，仅就这部小说而言，卡达莱将这类题材铺陈到了极致。接班人死亡之谜引出无数谜局，从而织成一面谜网，覆盖了整个阿尔巴尼亚。

是自杀还是他杀？假如自杀，是主动还是受胁迫？若是他杀，谁是凶手？为何目的？作者梳理出多条线索，哪一种可能性都难排除。

就连那些情报分析员,也都"气急败坏到了无以复加的程度:他们还从来没有遇到过这种情况,轻易放弃一条线索而跟上另一条线索"。他们甚至认为这个案件,总体上像金字塔,到处穿刺高墙,阻死了去路,金字塔的主室,是从里面锁住的,封藏了最宝贵的秘密;金字塔之谜,四千年来都没有完全解开,他们又何必急于求成呢?难怪那些外国情报人员哀叹:"诡异的国家","自己还真得有点偏执狂,才能稍微理解一个沉迷于偏执狂的国家"。

我想土生土长的卡达莱,必定怀着极大的优越感,记述外国情报人员这样的哀叹,他们总是先入为主,只能抓住点儿皮毛。我翻译这部小说,总体觉得似曾相识,还时时唤起我久已挪动的记忆,甚至引起我几根神经深潜的共鸣。这种独特的感应,大大有利于我对文本的欣赏、理解和翻译。

接班人死亡之谜,谜底不在于谁是凶手,而是霍查政治晚期的谜局。

无论多少条线索,最终都会纠结到一起;无论哪个可能作案的凶手,最终都要归结为同一个目的:"阶级斗争"。所有人都认为,这是一场你死我活的阶级斗争:"这个国家四十多年以来赖以骄傲的核心,这个国家的政体,胜利和光荣的保障,本身就基于这个独一无二的原则:不断加码强硬,永不松懈!其他国家,已成敌人,一个接着一个背叛了,而且无一例外,背叛的肇始,都是放松了阶级斗争。"

所谓阶级斗争一抓就灵,在阿尔巴尼亚完全适用。书中的这段议论,应当说非常精辟,但是仍然难解接班人死亡之谜。阶级斗争无非是一种政治工具,以掩饰真正的动机、问题的实质。接班人的命运,导师在拨动旋钮开关那一刻就圈定了,然后再把他女儿的婚事定性为阶级斗争的新动向,致使接班人之死迷雾重重,令所有人迷惑不解。

书中的人和事,在翻译过程中,如果不是引起我遥远记忆的共鸣,以我的境界,绝难相信这是历史的真实写照,而不是小说的杜撰。

俱往矣,那个特殊的年代,特殊的人和事,见怪不怪的历史现象,写在小说里就非常精彩了。

二〇一四年三月于北京花园村

这部小说讲述的事件,汲取于人类无限的记忆。这种记忆重又在我们的时代涌现出来,在历史上是常见的现象。再现的事件,与当代形势和人物有相似之处,也是不可避免的。

——卡达莱

第一章 自杀的十二月

一

指定的接班人,于十二月十四日拂晓,被人发现死在自己的卧室。中午,阿尔巴尼亚电视台简短地报道了事实:

十二月十三日夜,接班人因一时情绪消沉,开枪自杀了。

各国新闻社根据阿尔巴尼亚政府提供的官方说法,纷纷转载了这条消息。直到下午,南斯拉夫广播电台播送了质疑,认为自杀可能是谋杀,各国新闻社才部分修改了新闻稿,此后采用了这两种说法。

十二月天空无边无际,这些新闻在空中散播,那中心仿佛聚积起乌云的怒涛。

接班人之死震动全国,却没有全国哀悼的声明,更有甚者,广播电视节目还照常进行,饶是如此,也未能置人于既定的麻木状态。一阵困惑之后,到处流传的解释,似乎颇令人信服:国家虽则否定基督教,却不言而喻,也同基督教信仰一样谴责自杀行为。再者——这才是要命的——这年整个秋季,尤其当冬天临近时,大家已经料定接班人即将失势。

二

久违丧钟的居民,第二天早晨便寻找哀悼的迹象,观望机关大楼的门脸儿,倾听空中飘转的广播音乐,或者察看在乳制品商店门前的长队列中等待的邻居的脸色。不见降半旗,也听不到葬礼进行曲,终于打破了一些人的最后幻想,他们本来还期待,以为这种迟误不过是偶然之故。

各国新闻社还在继续传播,报道这件事件的两种假设:自杀和他杀。

看来,这位接班人要离别人世,有意选择了一种特别的方式:集两种悲悼于一身。他可能优选了这样谢幕,由两头黑牛拉走,就好像一头牛不堪其重负。

大家拿到晨报，都焦急地翻开，希望了解一点有关这个事件的新情况，其实就是力图确认是这两种死法中的哪一种——自杀而死还是他人之手杀害——对他们最为有利。

缺乏新闻消息，他们只能满足于茶余饭后的道听途说。接班人死的那天夜晚，天气令人胆战心寒，那绝非是一种幻觉的结果，而是每人的亲身领略。电闪雷鸣，狂风大作，暴雨倾盆！众所周知，接班人遭遇多事的惶恐之秋，在心理上经历了一个艰难时期。据信翌日上午，还要召开具有决定意义的政治局会议，他在会上作个自我批评，他的过错无疑会得到宽宥。

然而，出生时灾星当头的人，甚至到了时来运转的当口，也往往会猛地跌下深渊。他同样急不可待了，留下一封信，为不辞而别表示歉意，随后便结束自己的生命。

这天晚上，全家人都在。晚饭后，他回自己房间之前，求他妻子早晨八点钟叫醒他。妻子多少星期以来就失眠，而这天夜晚，据说她自己承认，她睡得非常死。大约直到凌晨两点钟，女儿还窥见父亲房间透出的灯光，她关了灯也去睡觉了，根本没谁听到枪响。

从死者家中传出来，或者似乎传出来的信息，差不多也就是这些。从专属街区，即别号"大院"的其余部分，还透露出别的消息。那天夜晚风雨交加，天气也确实异常，但是有人却注意到，汽车不同寻常地来来往往。最奇异的是午夜时分，也许稍晚一点，还瞥见一个身影潜入死者的楼里，是最重要的一位领导人……但是不准提及……无论以什么借口……就是说，不能再高的一位领导人……进入楼内……不久之后又出来了……

三

有关阿尔巴尼亚的档案材料，在厚厚的一层灰尘下发霉。自不待言，这种松懈的状态，在情报机构内部不止一次认识到了。可以想见，问题得到重视，伴随着两层意思：上级的责备和下属的罪过感。工作人员立刻行动起来，重新打开上述档案材料，这次纷纷保证，不再让热情冷却下去。

关于阿尔巴尼亚的情报材料，一般都很陈旧，有时甚至沾染了几分浪漫主义。蕞尔小国，国名意味着"山鹰之国"。巴尔干半岛的古老部落，取代伊利里亚人[①]，

[①] 伊利里亚为巴尔干半岛北部地区地名，居此地的部落称伊利亚人。

但是沿用其语言。二十世纪初，奥斯曼帝国①瓦砾上出现的这个新国家，是三种宗教信仰并存的国家，有天主教，东正教和伊斯兰教。宣布成立王朝，而君主是个德国人，信奉第四种宗教，他是一个耶稣新教教徒。后来恢复为共和国，首脑是阿尔巴尼亚主教。而这个共和国首脑，又被一场内战推翻，主导内战的未来国王，这回倒是个本地人。国王未消当多久，同样被推翻。另一位君主取而代之，他却是个意大利人，没收了王冠，随即宣布自己为"意大利和阿尔巴尼亚国王，埃塞俄比亚皇帝"。阿尔巴尼亚人在历史上，头一遭被拉进同黑人组成的一个国家，这种怪诞可笑的组合之后，最终共产主义长驱直入了。大张旗鼓地结成新型友谊、古怪的联盟，继而瓦解，塞满了多少陈尸所。

恰恰关于这个主题，尤其先同俄罗斯，再同中国的关系两次重大失和方面，大部分档案都能检出修改的痕迹。大量增添的插页：分析，思考，综合材料并作出预判，但是大多情况都以问号告终。大部分疑问涉及方向问题：从此以后，阿尔巴尼亚要转向西方，还是仍然面对东方？答案还取决于其他从无答案的问题，因而就十

---

① 奥斯曼土耳其苏丹统治的帝国，从14世纪初延续到20世纪初。

分模糊。将阿尔巴尼亚拉过去，符合西方的利益吗？有些材料分析来分析去，就提出共产主义阵营和西方秘密缔结公约的可能性：我们放开阿尔巴尼亚，但是作为条件，你们也不能插足进去。在一份档案中，甚至引用了一份明白无误提出这个问题的电报：

> 西方值得为讨好一个区区的阿尔巴尼亚，不惜惊扰共产主义阵营吗？何不保留这种追求，瞄准一个丰厚得多的目标，即捷克斯洛伐克呢？

然而，寒来暑往，人们很快就感到兴趣松懈了，乃至在撰写概要中，重又开始充斥一种过时的浪漫主义表述，大都联结鸟之王者雄鹰，时而也联结祖祖辈辈传下来所谓的规范。

这一切似乎只是泛泛重复数年后阿尔巴尼亚同中国关系破裂所发生的情况。于是，又提出同样的问题，给予同样的答案，只有一点不同：一切只会更乏味一点儿，波兰一词则可能取代捷克斯洛伐克的位置，而结论恐怕是相似的。

接班人之死这个寒冷的十二月，正是第三次拂尘开卷了。上级频频指责下属，不要再讲民俗故事，再讲鹰隼了！我们需要这个国家的总结和研判，巴尔干已经感觉出动乱。阿尔巴尼亚东北部,刚刚镇压了一场暴动:那个地区,有些人称为外阿尔巴尼亚,另一些人则称作科索沃。这场暴动与国家心脏新近发生的事件,有没有什么关联呢?

在一份档案中,一只气急败坏的手用红笔圈上了这句话:"阿尔巴尼亚人口有一百万还是六百万呢?"问号后面加了个感叹号。接着又是感叹句:"难以置信!"

据未署名的撰稿人称,如此云山雾罩,如此模糊不清,简直超出了想象。再往下一点儿,同样给"基督教徒还是伊斯兰教徒?"加了问号。白边上用铅笔添加:

如果像南斯拉夫人断言的,阿尔巴尼亚人口不止一百万,而是有六倍之多,差不多等于巴尔干其余各国的总和,也不是所有人都信奉伊斯兰教,而是并存着天主教徒、东正教徒和伊斯兰教徒,那么现在半岛所呈现的地缘政治景观,就难免发生天翻地覆的变化。

大西洋彼岸的一家通讯社不仅首先看到,安插在阿尔巴尼亚的间谍网完全陈腐了,而且指出相当一部分谍报人员已经老朽,早已归到阿尔巴尼亚的"国家安全理事会"① 一边了。这无疑可以说明,接班人死后第二天,从阿尔巴尼亚发回的新闻,何以令人如此失望。

这期间,冒着十二月的寒风,在阿尔巴尼亚首都西郊墓地,为死者举行了葬礼。出席葬礼的除了近亲好友,还有二十余位政府和议会的高级人物。引人注目的有几位部长、立法机构的负责人,其中能认出科学院院长的满头白发。另一些官方人士,一些军人则抱着花圈。悼词由死者的儿子朗诵,到最后一句:"父亲,安息吧!"他的声音嘶哑了。既没放礼炮,也未演奏葬礼进行曲。自杀显然还继续受到鄙视。

仿佛在催葬礼快些结束,十二月的夜幕吞没了一座接着一座环绕地拉那的山峦。刚刚由接班人填满的墓穴近前,伫立着两名荷枪的士兵。在偌大的公墓中间,他们分别立在小小坟丘的首尾孤零零地站岗。大约四十步开外,绿篱外面的草坪上,还有一些穿便装的人,在黑暗中守望。

四

任何遗体一旦入葬,便让人松了一口气,这种情况

---

① 即阿尔巴尼亚秘密警察组织。

在接班人的葬礼之后也不例外。且不说出于容易想象的原因,这次比以往更有深意的轻松。

身处这种季节,惶恐的日子一过,就会感到一种从未有过的平静。在十二月的天空稍微给点好脸色的影响下,一切曾折磨居民思想的猜测,现在显得明晰一些,不那么骇人了。接班人既已将秘密带入坟墓,旨在弄清是他杀还是自杀这个首要问题,甚至也没有同样分量了。

死者的遗体一旦消失在黑暗中,此前引起的无限惊恐便得以解脱,居民们似乎也不难领会,这年漫漫的秋季所发生的一切了。这个事件的澄清过程,从此与他们所了解的大相径庭。

一进入九月份,这一切就开始了。大家度假回来,发现首都充斥着昔日称作"上流社会"的那种传闻。接班人刚刚为独生女订了婚。此外,他还搬进了新家:那处住所建造时,在地拉那已经吸引了诸多好奇的目光。其实,所谓的"新住所",也不过是他已经居住多年的别墅,在这年夏天经过极为精巧的装修,焕然一新,难以辨认了。尽管开展了不计其数场运动,势欲消除迷信,那句旧谚语·"新住房招灾难"还仍然流行,一入秋便得到印证。接班人本人是否相信这句谚语,永远也不得而知了;不管怎样,他搬进修缮一新的居所,乔迁的当日,就匆匆地举办女儿的订婚典礼,这在当时引起无休止的议论。接班人这样安排,就好像要竭尽全力,用婚庆之喜冲一冲新居,换言之,就是以此迷惑命运,或者对命运玩这一手先行嘲弄。

所有人都到场了:全家人、政府的全体成员、未来乘龙快婿的亲友,当然还有弹吉他的未婚夫本人,以及设计新居的建筑师。建筑师喝多了,开始哭哭啼啼。所有人都在酒杯的晶莹光亮和照相机不断的闪光中,回转周旋,时而欢笑,时而涕泣。导师莅临和祝愿,成为喜事中的最大喜事。可是,还未待烟花熄灭,导师就步行离去,回自己的住宅,不知从哪里刮来一阵寒风,突然裹住了他们所有人。

莫非在他和接班人住宅之间短短的路程上,他收到了什么出乎意料的消息?他被沉重的黑大衣压弯了腰,是小步走在半路有人交给他的呢,还是走到自家门口看到的呢?谁也无从知晓了。反之,明白无误的却是,从这天晚上起,不祥之兆的头一拨谣言就开始流传了:接班人所同意的婚姻,在政治上是错误的。未来女婿的父亲,贝西姆·达克利,是著名地震学家。如果说多亏党的宽容,达克利时而还能去大学做做讲座,达克利一家却不折不扣仍旧是一个旧贵族的家庭。与之结成连理,一般干部倒还罢了,可以视而不见,接班人却无论如何通不过。

　　这个可怕的问题，主要不是由话语，而是由负荷暗示的眼色表达出来，涉及到这一事实：达克利家与接班人结亲的消息，至少在导师造访之前两周就公诸于众了。由此可以推论，导师亲自来表示祝愿，也就相当于赞同这桩婚姻。毫无疑问，也正因为如此，这难忘的一天里的欢欣是无可比拟的。然而，导师一走，就发生了某种诡异的情况。难道关于达克利家，最后一刻出乎意料有了发现？不知从哪儿传来的信息，也许来自遥远的地方，有关某个令人不安的事实：从各个方面调查达克利档案，经过两周突击探察，终于得到情报部门费尽心机也一直没有掌握的信息？

　　世人往往有这种心态，推开危险的问题又不甘心，就寻机补偿，倍加热情地提起他们认为更为单纯的话题。同样，有人就反复不断地追问这一点：禁止别人做的事，接班人是不是就可以做呢？大多意见是否定的，甚至举出许多事例：一桩不幸的婚姻，连累整个家庭和氏族的命运，陷入动荡的境地。但是，也有人看法不同：接班人为国家做出巨大贡献，以十分感人的忠诚，步步跟随导师，饱经磨难，走过了多舛的命运之路，他有权享受一点无伤大雅的特殊待遇。且不说以此特例为契机，事物也许会有所改进。从前玩火自焚的人活该倒霉，从今往后，大家尽可享用新获的社会福利。不对——前者坚持己见——这样恰恰开了个坏头，因为坏就坏在，给别人做出了坏榜样。

这种无休止的争论，随着订婚协议破裂的消息迎刃而解了。归根结底，每人都衡量出，这比一种过错不知糟糕多少倍。这已不是一项婚约，而是一剂致命的毒药了。而且，比较起来，毒药还不算什么！对于阿尔巴尼亚来说，这会成为一种永无止境的哀痛。放松阶级斗争，直击命门：这个国家四十多年以来赖以骄傲的核心。这个国家的政体，胜利和光荣的保障，本身就基于这个独一无二的原则：不断加码的强硬，永不松懈！其他国家，已成敌人，一个接着一个背叛了，而且无一例外，背叛的肇始，都是放松了阶级斗争。然而在这里，在我们国家……谢天谢地，只不过是接班人偶然失误！说起来，恐怕就是这么回事。马上悔约这一事实，就足以说明他痛悔的深度。他在婚姻大事上悔约，这绝非小事。全国人民无人不知，有目共睹，按照我们的老话说，他不得不就着面包咀嚼自己的耻辱。这个国家千年传统，从无毁了婚约的先例。人们尽管相互残杀，彼此伤害，漫说取消婚约，就是婚庆的日期，也从来没有推迟过。不料他，却干出来啦！他用这种举动表明，他一如既往，对党和导师的忠诚重于一切。真该死，精明到极点。不是随随便便就可以被指定为接班人的。

五

好事不出门,坏事传千里。毁掉婚约的消息比新闻传播快得多。大部分人都确信,危机就在身后,于是乐得相信,这个事件非但不会削弱,反而会增强民众的士气。国家及其导师早已显示出,不管风暴多么猛烈,始终那么不可动摇。正如同南斯拉夫人争吵的时候,也正如后来同俄罗斯人,当然还有同中国人争吵的时期。

紧张的思想一放松,注意力就会转移到细小感情的发泄上。尽管压低嗓门,几乎到处都有人重复这类冒失话。未婚夫妇在电话里交谈完了,女婿和他父亲贝西姆·达克利,已经裹上沉重的大衣,在接班人的门口等待了解会发生的什么情况。女儿悲痛欲绝,关在自己的房间里,不肯出来吃饭。不幸的小伙子,为了消愁解闷,重又操起吉他,这回还作了一首歌,开头唱道:

就是这样,
有人把我们拆散……

对接班人来说实在不巧,阿尔巴尼亚大部分节日正赶上秋季。因而他无可回避，不得不面对电视台摄像机。成千上万双眼睛都仔细察看他在小荧屏上的脸，力求发现心中谋划的痉挛。有些人觉得，他的脸比平时阴沉了；另一些人则相反，认为他更加沉静了。无论是哪种情况，显然都令人担心，不过，第二种更具威胁性，因为那意味着他假装满不在乎。

事情初起，仿佛仅仅是民众的好奇心，到了国庆之际，就呈现出悲剧性色彩。在国庆观礼台上，导师和接班人并肩而立。往年在检阅过程中，他们二人会相视而笑，交谈几句。这回则不同，导师板着脸，如大理石雕像，不但一次也没有跟他讲话，而且为了更好地让人感到他的鄙视，他两次转向，对站在他另一侧的内务部长说了什么。

四面八方的国民，都惊愕地关注在他们眼前发生的事情。可恶的婚约早已废除，却毫无宽恕的迹象，更谈不上此举之后，对接班人透露出宽慰的表示了。恰恰相反，一切都反映出，导师的愤怒有增无减。

这种旨在摧毁党的团结的谣言，若照从前必然追查，这回却破天荒，首次近乎展示给公众。军人们都惴惴不安。他们拂晓便醒来，因失眠而眼睛发红，抱怨浑身酸痛，嘴黏糊糊的，向头发灰白的妻子倾诉在酒吧不敢谈及的事：四十年的友谊，能这样说抛弃就抛弃吗？

最乐观的人焦急地等待下一次节庆,即使不敢希望事情完全得到解决,至少期待略有好转。可是,到了下一个纪念日,两人的关系不仅丝毫没有弥补,反而更为冷淡了。他们连连叹息,感到胸闷,在苦恼中憋出这样一句话:"我们大祸临头啦!"

约摸十一月末,出现谨慎的传言,事情可能随同节日告一段落。有趣的是,大家更为相信这种传言,因为有日历和季节更替作为参照:无论什么事情,似乎久已忘却,在日常生活中不再起任何作用了。

十一月份最后几天,在各种巧取豪夺的喧闹中过去。十二月初一般似乎更为慎重。横幅标语、讲台的红色装饰、高音喇叭播放的讲话和响亮的军乐,都销声匿迹了,取而代之的是萧萧的风声、大片大片的雾气、季节性暴风雨的轰鸣,一如千年之前的情景。如果说每年十二月初都如此,可以形容为沉闷的话,今年则显得倍加噤声,三倍缄默了。正是在这种沉寂中,一声枪响,结束了接班人的生命。这声枪响很低沉,住宅内外都听不见,仿佛从九泉之下射来的。

六

有关阿尔巴尼亚的档案材料,引起使用者的极大忧虑，他们即使不承认，心中也祈愿看到这种短暂的动荡静止下来，材料放在可感知的隐蔽角落，重又尘封起来。

唉！眼下，甚至连想都不必想。恰恰相反，材料不断地膨胀。所有人都明白，这样积累的材料都支离破碎，相互矛盾，能让坚持不懈的人气馁，他们迟早要摊开双手，最终重复在他们之前就多次嚷出来的话：自己还真得有点偏执狂，才能稍微理解一个沉迷于偏执狂的国家。

上级的看法，却似乎截然相反。诸如巴尔干先天性疯狂、任性、妄想症、肌体缺碘而患的呆小症，等等表达方式和词语，他们见到了就打上问号。任何领袖都嫉妒他的继承者，正是在这种情况下，从接班人之死达到顶点的嫉妒，无论发生在什么地域和时期，都是一种十分平常的现象，因此，为了理解巴尔干人的苦恼，绝不能单纯地把这种嫉妒当作开启的钥匙。值得一提的是，阿尔巴尼亚山民有些生活习性相当奇特，例如男性赛美，结果胜者往往要死于非命，起因还是嫉妒。这种情况，必要时可以放进一篇文学论述里，但无论如何不能纳入政治分析的作品中。否则，又要回到老话，承认巴尔干半岛的全部历史，只不过是著名故事的翻版：镜子，我的美丽镜子，告诉我，我是不是最美的姑娘……

分析员们厌倦了，最终又回到曾经抛弃的主要疑问——他们当初抛弃，也是受了北方阿尔卑斯山区一场比美大赛的影响，那场大赛所提出的难题，既透露出一种远古的虚荣，也体现了阿尔巴尼亚可怕习俗对同性恋的一种宽容的表示。

由于一再强调，是时候了，应该表现出点严肃性来，分析员们便重又研究另一个假设，带着巨大问号的假设：国家政治路线要改变吗？思想上萌生的第一个念头，当然就是接班人之死，是否与他先有偏离的意图分不开。可惜的是，从少量的情报材料中，根本不可能推断出哪怕一点点迹象，乃至细微的苗头！接班人在任何时候，都没有试图微调一点阿尔巴尼亚体制的政治路线。

在阿尔巴尼亚，同前国王的一个家庭联姻，如果确实可以解释为一种放松阶级斗争的倾向，那么除了这一事实，接班人最不该受到这种指控。他在漫长的政治生涯过程中，始终体现强硬政策，从不主张温和。这是他早就扮演的角色，以致不能不让人想到，导师每次希望采取严厉措施，首先就派接班人去兜售宣传。事后，如果研判措施太过火了，还是接班人负有责任，从而让导师充当调解人。

这次事态的发展却完全颠倒了。分析员们火速作出这种结论：阿尔巴尼亚习惯性的出轨，可是又不得不遗憾地放弃这个方向，再回到第二种假设，将这次危机的动因归咎为新近的事件：科索沃动乱。

这整一年阴云笼罩，前景不妙。科索沃将是下一个地震区，龙卷风迫在眉睫，巴尔干半岛要面临可怕的乱局。到处都是同样逻辑：这样一场叛乱要掉许多脑袋，在阿尔巴尼亚尤甚，更为千真万确。然而，接班人的命运，能以什么方式同这一局面挂钩呢？这方面的谣言，越来越模糊不清了。南斯拉夫人率先质疑，让人产生可能是谋杀的疑问，好像后悔言多有失，随后便沉默了。他们真的一无所知，还是装样子呢？

容易冲动，因为基于地缘政治的两种解释，哪一种都不足以服人，于是有个分析员又拾回已抛弃的论点，还在他们之间命名为："镜子，我的美丽镜子"，好像以此为名就更加可信似的；他试图攻克近来变成必修课的石油——这被公认为大部分冲突的起因。他起草的报告，依靠大量数据，重新画出阿尔巴尼亚石油生产的曲线，而且从三十年代起始，还画了石油矿藏区域地质图，甚至概述了一九三八年，英国石油公司和意大利阿格吉普公司的争执。尽管如此，这份报告还是被人判定为"可笑"。这位分析员作为结论，补充说接班人的前未婚亲家，不幸是地质学家，总归与石油勘探有瓜葛的行业,这绝非偶然之云,如果他不多此一笔,"可笑"的帽子也许不会扣在这份报告上。

这位分析员要到地下两千米深的地方,寻找废除婚约的原因和自杀的原因,正如人所料,他的尝试徒劳无益,最后只好认栽。他按照新近染上的习惯,随处附加点一贯的解释,提出退出的请求,还详细描述了这年冬季自己的身体状况,提供两份医生证明,其中一份还有"阳痿"这样的措辞。

他的同事们绝无意这样折腾,但是也难免不幻想,也许有朝一日,阿尔巴尼亚档案最终会从他们手中撤走。任何别的一份档案,都变得胜似这一份了,甚至那些最负恶名的课题,例如以色列—巴勒斯坦冲突,或者非洲一些国家的冲突,而这些国家的边界,还像数百年前那样,不等反映政治的动荡,沙漠之风就独自作主而位移了。

他们连声长叹,咕哝着"诡异的国家",然后又重审难以驾驭的档案,尽可能重新全面研判。

他杀还是自杀?如果是他杀,究竟是谁干的呢?又为什么呢?搜集到的大部分情报,还继续强调那个最高负责人,即出事的那大夜晚,有人瞧见潜入接班人住老的那个身影。有些材料甚至指名道姓,指出怀疑的那个人影是谁:阿德里安·哈索伯,内务部长。他刚刚离开这个职位,又要升迁了。所有分析员都预测,他是取代接班人的热门人选。

在出现那个鬼鬼祟祟的身影同时,还有其他大量的情节,加重了这片雾气。接班人要妻子早晨八点钟唤醒他。妻子睡得很死,她八点钟准时打开房门,就冲鼻闻到火药味。整个夜晚,风雨交加,不时转换方向。"大院"内车来车往。据说,有人(也许是一名守卫)从外面看见两个人下楼梯或上楼梯。还借着一道闪电,看见他们悄悄来到一楼的走廊,架着像蜡人一般僵直的接班人。

他们架着他又上楼或者下楼时,他还活着吗?昏迷过去,受了伤,已经死了?也许有必要给他化妆吧?为了给伤口移位,譬如将伤口堵住,在他身上另外制造一处伤口?其实就在地下室,有一条无人知晓的秘密通道……

所有这些材料不断地提取,昏暗的螺旋形,有时转得很慢,有时转得极快,摇摇晃晃,摆动不止,返回来,再出发,重现,又消失,在幽深处再次抓住。然而这些材料无论何种变异,总是不可复原的,最终就像无数块碎玻璃,既是基质又是不可缺少的元素,缺少了,神秘也就不复存在了。

分析员们埋头看他们的档案材料,气急败坏到了无以复加的程度：他们还从来没有遇到过这种情况，轻易放弃一条线索而跟上另一条线索。因此，查阅有关那个身影的情报分析员，冒出来的头一个念头，就是那个身影准是杀害接班人的凶手。可是，只要一件接着一件审查事物，就会看出什么都不确切。那个所谓的身影（阿德里安·哈索伯），就算潜入宅内，他又怎么能确保这么晚造访能达到目的呢？那人是去杀人还是敦促自杀呢？如果两种情况都子虚乌有，如果恰恰相反，他是来劝阻接班人不要寻短见，到第二天政治局会议上就会得到宽恕呢？

仿佛这样还不够，一部分调查员提出的秘密通道，又把整个事件搅成一团乱麻。

看档案材料就不时碰见这样简短的注释："有必要调查别墅的建筑设计师是否还在世。"金字塔一旦落成，法老们头一个举措，不正是杀掉建筑师吗？

这个案件的整体，有点金字塔的意味。到处有高墙突然竖起，阻死了去路。金字塔的主室，即封藏最宝贵秘密的室穴，是从里面锁住。审视接班人的问题，也许应该求助于这项古老的原则。

这样一对比，倒颇令人欣慰。四千年之后，金字塔之谜还始终没有完全解开。而在眼下这个课题中，分析员们又何必这样急于求成呢？

通灵者沉寂了将近半个世纪，近期便趁这片迷雾，又卷土重来，企图插手国家秘密的领域。他们与接班人的鬼魂建立联系之后，获取的信息极其隐晦，无法辨识，最终一个个都先后放弃了。

有趣的是，阿尔巴尼亚似乎深入无休止的缄默中。另一个阿尔巴尼亚，"外在的"阿尔巴尼亚，僵卧在冬季的天空下，仿佛晕厥过去。还是同一片十二月的天空，在阿尔巴尼亚上面延展，景象那么凄惨，就好像内里不是一个，而有两个冬天回转，悲鸣如两条大灰狼。

第二章　尸体剖检

一

　　何其怪哉，这种欢欣非世间所有？苏姗娜举着香槟酒杯，在客人中间游荡，如空气一般轻盈。自从父亲自杀，宽大的客厅就废弃了，现在重又启用，像从前一样欢声笑语，灯光明亮。谁也不觉得奇怪，也没人发问：不可能的情况怎么就发生了。事情又恢复旧观。相当一部分是陌生客人，这似乎也并不令人惊讶。同样，谁也不在乎大吊灯有些灯泡不亮，早就烧了而没人换。她第二次听到这样的话：事情过去就抹掉了，而她还竭力寻找父亲。父亲虽是众人瞩目的中心，却离开人堆，独自待在一旁，脸上泛起一丝笑意，但又似乎显露某种不快，虽很轻微，也被绰绰有余地抑制了。苏姗娜在那外衣里面，再次明显辨认出包扎的白药布，无疑在保护正结痂的伤口。她放下香槟酒杯，正要凑到近前，只想问候父亲一声："爸，你感觉怎么样？"恰好这时，她猛然想起，在应邀来的客人中间，还一直没有看见亨克，她的未婚夫。于是她差一点喊起来，惟独他没有来，怎么回事呢？

无疑是这一呼喊，虽然没有发声，还是把她惊醒了。同样的梦境，她还像上次那样，失声痛哭。她在睡梦中已经哭过，枕头湿了一片。

她用枕头紧紧捂住脸，希望能重新入睡，这时仿佛听见有动静。于是，她抬起头，侧耳细听，这才明白她没有听错：楼里有走动的声音。

她的目光投向窗户，随后开了床头灯，看了看表。早晨六点半钟，但是窗户外面，天色还一片漆黑。

又传来响动。在这个钟点前后，既不是她母亲，也不是她兄弟的脚步声，进浴室去洗漱。完全是另外什么情况，一阵惶恐压迫着她的胸口，但她内心深处却了无惧意，反而有一种近乎欢快的状态，就好像她在继续做梦。

她懵懵懂懂，起床走到门口，先不开门，一动不动，再听听声音。

走廊寂静无声，不过，从楼下传上来压低的说话声和脚步响动。她母亲和兄弟卧室的房门紧闭。她走到楼梯扶手，俯身看下去，只见餐室和大客厅灯火通明，一如她的梦境。

她一阵揪心。自从父亲自杀那天，内务部长就命人将这卧室的房门封了。无论谁有多么强烈的愿望也不准进入。

她缓慢地扭过头，再次查看母亲和兄弟分别睡觉的卧室房门，目光随即移向另一扇门，父亲卧室的房门，不禁露出惶恐之色。一线亮光，如刮胡刀片一样薄，从门底缝隙闪现。爸爸！她浑身各个部位齐声高喊，头发与她的心肺和眼睛都同样发声。这是出事的那天夜晚，一直到凌晨两点，她窥见的同一光线。想必自己还在做梦，因为没有像遭雷击那样，登时仰面倒下去。她蹑手蹑脚，生怕惊醒自己，朝房门走去：这第二次机会不能放过，一定要见到这次返回的父亲。这一切肯定是在睡梦中，除非自己丧失了神志，因为她感到还能见到父亲，就在这间卧室，她曾目睹父亲死了，血污的睡衣上有个洞。

又迈一步，再迈一步，挺住，她心里念叨。无论怎样，你也会大失所望。

这时，房门开了，一个陌生人匆忙走出来，手上捧着一件黑色东西，好像老式的照相机。那人面露惊异之色，打量一眼姑娘，一句话未讲，大跨步冲下楼梯。

那陌生人留下半敞开的门，屋里传出愤怒的声音。苏姗娜听清了"尸体剖检"一词。

还怎么样呢？发生了这样惨不忍睹的事之后，差这一点就做绝了：他们使用类似照相机的陈旧器具，当场进行尸体解剖。

苏姗娜一只手捂住额头。她一定是还在继续做梦。要不然，就是处于谵妄状态吧？

屋内重又传出人声话语，其中有这样话：没有进行尸体剖检，这种事真令人愤慨。

房门大开，快步走出一个男子，气得涨红了脸，苏姗娜认出是新任内务部长。另有两人陪同，只有一人她熟悉，这座别墅的建筑设计师，唯一进入她刚才梦境的人。

部长颇为惊讶，注视姑娘，停下脚步，对她说了一句："早安！"随即又补充道："我们把您吵醒啦？"

姑娘一时不知如何回答。

建筑师也点点头向她致意。

"我们要进行调查。"部长走向楼梯之前又说了一句。

两个陪同也立即跟了上去。在他们下楼时，苏姗娜再次听见"尸体剖检"跟着"真令人愤慨"的字眼。

苏姗娜觉得，部长不仅声调，甚至眼神都显出善意。

她感到又恢复了神志,看起来,他们拂晓前就来了,要进行调查。父亲死后次日,他们就通知家属,可以继续占用住宅的一部分,但是不得踏入用红蜡封住的房间和地方。还说他们会不时来核对一些情况。他们掌握钥匙。

这就是他们当时的声明,可是一直没有来,这回才是头一次露面。刚才她若是觉得自己有权利提出的唯一问题,应该是:为什么拖这么晚?

姑娘感到一阵寒冷侵袭肩头,不由得朝母亲卧室的房门走去。外面这样闹腾,母亲怎么还没有起来呢?

她十分小心地扭动门把手,推开房门。

"妈妈!"她小声叫道,怕吓着母亲。不料母亲似乎睡得很死。

女儿僵在门口,一时拿不定主意。心想:真是难以置信!母亲平时天一亮就起床,这回却呼呼大睡。还像那一次,十二月十四日那个夜晚。

"妈妈!"她又叫道。

又过了一会儿,沉睡的妇人才醒来,脸上流露出惊慌之色。

"出什么事儿啦?"她冲口问道,"怎么啦?"

"他们来核实……他们进了爸爸的房间,还到楼下、客厅……"

这妇人虽然瞪大了眼睛,却似乎什么也没有看见。

"核实什么?核实干什么?"

"一次调查呗,"女儿回答。"部长亲自来了。他说他们要进行尸体剖检。"

妇人的头发同眼睛一样,显露出她的慌乱,就仿佛眼睛和头发最后才摆脱睡意。

"怎么又出尸体剖检这种事儿?为什么他们不让我们清静些呢?"

"他们要做一次尸体剖检,"女儿重复道。"他们甚至说,没有早些做令人愤慨。妈妈,"她柔声地接着说道,"我倒觉得,这不是……一件坏事。"

"嗯,有什么好的?"妇人高声说道,她试图把脸埋在枕头下,接下来说的话就闷声闷气了。"好在哪儿呢?现在,你倒盼望解剖尸体啦?"

女儿咬着下嘴唇,正要调头走开,又改变了主意。

"我觉得是好兆头……调查本身就是件好事。你不是不知道,有人怀疑……"

"你要后悔失言!"妇人感叹道,"噢,我们也真可怜!不幸总是对我们穷追不舍!"不大会儿工夫,她又睡过去。

女儿无可奈何,摇了摇头,便走开了。

走廊仍然一片昏暗。从楼下传来低沉的话语声。户外已现曙光。

苏姗娜冷得发抖，返回自己的卧室。然而，好的预感挥之不去。部长的眼神那么善意迎人，尤其是他那声音。他说到尸体剖检时，语气非常坚定。突然对她说话时，又显得特别关心："我们吵醒您啦？"

看来，某人不希望这次尸体剖检……有人可能要跟那个人算账……企图隐藏什么，才尽量避免这个程序……在特殊案情中，不难想象会有什么……这个命案，果真是自杀，还是……还是……一起谋杀呢？在这类案件中，尸体剖检通常势在必行……尤其死者的身份如此显赫……有人就想要掩饰什么事……而现在，有人则要让这秘密大白于天下……甚至说这种掩饰"真令人愤慨"……

上帝啊，就让人这么做吧！姑娘恳求道。现在就是祈求从她头脑里消除他的名字，她也不会觉得奇怪了。

真相，不惜一切，最终暴露在所有人眼前……党……还一如既往……一如既往……不，我们的战友，忠诚的、令人难忘的……并不像最初以为的那样是自杀，而是被人谋杀了……手段极其卑劣……凶手就是党的敌人……破坏分子……叛徒……

已经有多少次，她幻想有朝一日，能听到导师站在披红的讲台上,在广播或者电视里,抛出这些掷地有声的话!但是,现在她才第一次感到,这番话进入流程的可能性。

上帝啊,让这种情况发生吧!她又乞求道。

她一直闭着眼睛,希望清晨中断的梦还能接续下去。这种情况已经有过,然而罕见,极其罕见。而且即使真的发生了,也从来没有更正。她试着回忆梦境,但是很快就明白,再怎么努力也是徒劳,无论梦境的印象,还是朵朵彩云似的甜美的温馨,都难以追寻了。她唯一还能感觉到的,就是醒来时遗憾的苦涩滋味。她殷切希望回到梦中,哪怕是少许瞬间,也许是为了冲洗掉这种憾意吧?未能同父亲说上话,或者迟迟才想起她的未婚夫……除此之外,她现在想不出来,还有什么更加伤心的事。

二

重新再来吧,部长说道,语气随便,几乎是轻快的。

这样一次尸体剖检何等重要,应是阿尔巴尼亚共产主义国家历史上,甚或阿尔巴尼亚整个历史上最重要的事,负责这件事的一位高级领导不该这么讲;这种话倒适于另一种场合：在地拉那人工湖畔山峦中间，老友一顿美餐结束，临分手时就会这样说：这家餐馆，鱼的味道名不虚传，下次再来，嗯？

这个案件，想解决还是不想解决呢？

法医比特里特·加德里漫步在林荫大道上，朝达吉蒂公寓走去，不断地回想这种说法，越来越觉得不可思议了。

那位建筑师面对面，用心聆听部长的话，他那双火热的眼睛，能同时表达出一种病态的好奇心和一种不正常的快意，正像马戏场的观众，或者集市上斗殴的围观者，都有这种疯狂的表现，一个个摩拳擦掌，似乎在说：这回有好戏看啦！

他们两个全瞎了眼，还是装模作样？法医看到他们像两个淘气鬼竞相开玩笑的时候，心里就不免这样思量。

他本人还记得清清楚楚，当时正式通知，要他做一次头等重要的尸体剖检，给接班人做尸检。

一瞬间，他什么也听不见了。全宇宙都失聪了，他身上全部停摆：心脏的跳动，头脑的运思，乃至他的呼吸。继而，这些功能逐渐恢复，脑海随即形成这样的念头：这回，就不用再考虑这件事了。

"这件事"，就是他自己的性命。

完成这样一次尸体剖检，操作者的存在，恐怕就跟月球地表的生命迹象同样不可能了。

在部长的指示频频切断的令人窒息的寂静中，法医不由自主，奇怪地抚今追昔，马上回顾了一下自己的职业生涯……他在生活中，尽可能诚实正派，鉴于他这带有风险的职业，正派生活并不总那么容易。他经不住打击，这缘自他的家族"半资产阶级"的前辈，在揭露和批判"地拉那医生知识分子集团"、痛斥他们丑化苏联的经验运动中，他得以独善其身。因为当时，他幸而还只是个大学生，有了这第一次运气，他就多了个心眼，没有参加另一个集团，这回是大学生和教师们被指责沆瀣一气，在中国和他们的国家关系密切时期，嘲笑中国的赤脚医生。

部长的话毫不含糊，没有半点犹豫，沉甸甸的，带有威胁性的保证。该及时处理而不是忽略，无论事关哪个公民，特别是接班人，尸体剖检都非做不可。

医生尽量集中思想，但是他感到越清理越乱。

部长继续说道："尸体剖检尽管迟了，也必须实施。终有一天真相大白，哪怕会惹这个人或那个人不快。"部长的眼里闪着真诚义愤的光芒。

在讨论中国人问题的会议上，党委会的代表所缺乏的，恰恰是这种真诚。他们佯装义愤填膺，用拳头敲桌子,还连连跺脚,可是显而易见,他们周身都处于冷漠状态,好似一堆燃不起来的火。尽管如此,一篇冷冰冰的、伴随着"啊啊啊"和"哇哇哇"的声讨文字,所制造的恐怖气氛,当然并不亚于别的檄文。然而,一系列会议后,大家正不知所措,等待发布判决,这时传开了同北京关系的破裂,而仿佛施魔法似的,这场运动戛然而止。

"一切都应该按照规矩办,"部长以同样的义愤接着说道。除了尸体剖检,还得复原。应该是在那间卧室,用受害人曾使用过的武器开了一枪,要核实从外面能否听到枪声。从卫兵站岗的别墅花园,从走廊,从家里其他人的卧室……一切都应该仔仔细细地记录下来。单单挑选十二月十四日那样的暴风雨之夜,先是尝试安了消声器开了一枪,接着尝试不带消声器开枪。

医生无意之中与建筑师的目光相交,在哪儿见过一个人自杀,还用安装消声器的手枪呢?建筑师的眼睛里,没有闪现一丝怀疑的神色,仍然还是那么兴致勃勃。

他真的什么也不明白,还是一种自我保护的方式呢?

"看来是试着用消声器,"部长重复道。可是,他好像看出医生的想法,当即又补充一句:"有必要提醒你们,整个……这起案件,必须限制在我们范围之内。"

部长只差公开陈述,这起案子调查一结束,就要宣布接班人是被谋杀的,为革命殉难,而所有猜疑,犹如曾遮蔽他姓名的乌云,都会立即消释。由这种事实出发,可以大规模惩罚其他人,惩罚给他挖掘坟墓的那些人。

"不管怎样,一切的关键,就是尸体剖检。"部长又说道,同时注视法医,流露出一丝怜悯。

当然,比特里特·加德里心中暗道。

他打心底里就始终明了,迟早有一天,一次尸体剖检就会把他交待了。

你以为这么说,就会让我乐不可支吗?他在心里质问部长。

显而易见,他不是不知道,处于这种时期,关于一次已定的尸检的问题所采取的立场,比什么都不稳定。这次尸检的结论,今天可能符合大气候,明天反而就背离大方向了。仅仅几周之前,前政治局委员,许多年前自杀的卡诺·哲比拉的遗骸,从祖国烈士陵园被起走了。这是第三次为他安葬了!政治路线的转向,甚至在影响经济之前,首先就危及它要抛弃的东西。墓畔的风湿病——世间还陌生的病症——要比分析员们的预测明确多了。他自杀(也自然谣传是谋杀)之后,就得到所有礼遇，安葬在烈士陵园。不久，应南斯拉夫的要求，又把他的遗体起出来，移葬到地拉那市公墓，因为在他的档案材料中，发现了反南斯拉夫的迹象。一年之后，由于同南斯拉夫关系决裂，就再度起出他的遗骨，移回他在国家陵园当初的墓穴，这回安放了反南斯拉夫的先锋。最后一次安葬，重又把他送回市公墓，几乎是秘密进行的，是何原因却无人知晓。

一阵乌鸦聒噪，引得法医抬起眼睛。他想到古人不禁微笑起来：古人未必错，往往凭借鸟的飞行，极力猜测政治的变动。

三个人都完蛋了，这是注定了的，包括带领这个小组的部长。然而，建筑师和部长仿佛并没有意识到，除非是在装傻。有了这个营生，他们倒像很开心，而且并不掩饰：两个人交头接耳，哪里是部长和建筑师，分明是一对插科打诨的人。临了，分手之前，一个又把另一个拉到一旁，继而，他们走进住宅的地下室，隐身不见了。

医生很快将他们置于脑后，又琢磨起尸体剖检。至少是一次头等重要的尸检，这个事实本身就是一种小小的欣慰，不管怎么说，他本可能遭受他那位同事的厄运。他的同事安德烈·普捷特杰卡，被布拉卡一个茨冈人在门后伏击，那茨冈人大吼：大夫？坏蛋，就是你吧,说我女儿怀了孕?——说罢一下子就把他打死了。

大马路对面的园子里,树叶都黄了,引发他一声感叹。天晓得为什么,一首同性恋的古老悲歌,数年前在斯库台听过,这时不断地在他的脑海里荡漾:

昨晚在大臣家中,
点着两支蜡灯红。
圣母啊,苏萨贝格
剃刀一抹丧了命。

在接班人住宅走廊上那年轻姑娘的形影,突然穿越他的脑海:她身穿睡衣,能让人猜得出那秀美的肢体在微微发抖。她这次订婚和她本人,正是她父亲悲剧的起因,从而也是他们所有人悲剧的起因。

法医走进达吉蒂公寓楼门时,有个问题轻轻困扰他:为什么偏偏指定他,比特里特·加德里,做这次不可思议的尸体剖检呢?其实,他不必再多虑,无论这次还是别的尸检,反正有一段延缓期,他可以尽量利用。他来这外国人公寓,就是要品咖啡,而从前这里是外国人专用,没有极特殊身份,他绝不敢踏入。一杯咖啡只不过先入口,接着一种超然的恬静便逐渐浸润周身。这种超脱的状态,即所谓的"墓地的静谧",通常与死亡同时降临，一般人来不及体味，而他却先行先试，得以进入。

他步伐坚定，看也不看一眼酒吧的顾客，径直走向一张餐桌，冷眼瞧了瞧招待员，随口抛了一句：一杯浓咖啡。

三

二百步开外，建筑师竖着大衣领，步履匆匆赶回家。她妻子有话在先，态度更加坚决："事情一完，你就直接回家。不要去咖啡馆，也不要去俱乐部，更不要说什么'我遇见了某某'，我说的话够清楚了吧？我战战兢兢地在家，你能想象出这种心情吧？我们的生活、孩子们的生活，完全取决于这一天，对不对呀？"

建筑师看了看表。法医走后，他正准备同部长握手告辞，部长却低声对他说道："稍留片刻！"

部长搂住他的肩膀，这是高级领导向知识分子表示善意的标志性动作，随即问了一句，声音细微得几乎难以听见：那条地道是怎么回事儿……

建筑师垂下眼睑，摇了摇头，以示否认：我一无所知，我这是头一回听说。部长定睛看着他，从他不信任的表情，尤其从他的眼神，流露出几分热情。这是小咖啡馆常客的胡诌八扯！他很快就说开了，声音颇为刺耳。"如果说你,这个宅子的建筑设计师,你都不知道,他们怎么可能晓得呢?"他继续讲了好大一通,猛烈抨击那些人:"狗东西,狗杂种,改不了的坏蛋!……总有一天,会拴住睾丸把他们吊起来。"

部长结束这通臭骂,看看建筑师准备告辞,仍以窃窃私语声补充道:"还是下去,到地下室转一转,瞧瞧究竟有什么名堂,好不好啊?"

建筑师只觉得天旋地转,双脚站立不稳了。

一名守卫在前面带路。建筑师开始简短的说明:"这条地道通第二条地道,出口设在花园。洞口门从外面打不开,只能从里面开启,要拉开好几道门闩。另一条地道,是主道,通向防空洞。"

他感到自己两眼圆睁,就好像随时能看到出现的鬼魂。

不,虚惊一场,什么也没有出现。走这边,还是一堵墙。那边……坚持住!

噢,可别抛下我呀!……最后这句话,与其说是给自己听,不如说是冲着第三面墙壁。它看似极为普通,各个方面都与别的墙壁毫无二致,然而,他心里明镜似的,这完全是虚假的表象,外表后面隐藏着一团谜:另一扇门,知情者寥寥无几。

这样一道门,比什么都更让建筑师恐惧。这道门是别人开设的,并没有通知他本人;尽管如此,这个问题的全部责任,还要落到他的头上。不了解倒好,永远也不知道这种情况,可是偏偏倒霉,注定逃不脱干系。在工程竣工前几天,应接班人儿子的要求,他下到地下室,检查一下防空洞,看看对跳舞晚会的喧闹是否有效隔音。当时,小伙子指给他看一道几乎难以辨认的门,轻快地补充一句:"就是这道门,据有人猜测,能一直通到'那一位'的地下室……"那一位,正是指导师。建筑师并不了解这一设施,小伙子不免吃惊,也不掩饰他后悔泄露这一秘密,紧接着就恳求他无论对谁,也绝不透露一个字。可是,建筑师还一如既往,按照习惯做一些最好遗忘的事情,就在当天晚上,向他妻子重复了这件事。妻子听了,也照例哭了一通,透过泪帘,反反复复说了十多遍:现在,你就住声!忘掉那道门!既然除了那两家人,谁也不知晓,你就没有必要知道。何况,你是那宅子的建筑师,他们特意向你隐瞒。这意思很明显,这事你应该最后一个知道。

接班人死后,夫妇二人重又提起那道门,愈发愁苦莫名。你确定从来没有讲出去?你该保证永远也不会透露?这辈子也不会,他发誓,甚至不会告诉我的坟墓!尤其是现在!她接口说道。因为,人家马上就要想到最坏的情况,从此往后,那地下通道就把两座住宅连接起来……而凶手很可能利用上了。噢,整个情况,对我们越来越糟糕了!

那天早晨准备出门时,妻子哭哭啼啼,再次提醒他:"当心那道门的事儿!你是建筑师,什么责任也推卸不掉。你见到过那道门,只此一点就能毁了你。"

在查看接班人住宅的过程中,建筑师心里反复念叨:谢天谢地,快要看到头了,这种折磨越来越临近终点啦!就在最后一步正要跨出宅门的当儿,不料部长的这句话,犹如一个凶险的陷阱等着他呢:"下去一趟,到地下室转一转好吗?"即使邀请下地狱,也不会令他如此胆战心寒。

建筑师发觉走到了他居住的楼下,妻子在等他回家,一定在自寻烦恼。他三步并成两步上楼,手指刚按门铃,房门就打开了。果然,妻子正在门里等他,像秋天的树叶不停地颤抖。他吻了妻子,搂住她的头,紧紧贴在自己的脸上,在她的头发间说道:"结束了,终于结束了……"他反复这样讲,而妻子却提醒他:"你的脸这么苍白!快躺下歇一歇……"

夫妇二人走进卧室。他仰身躺下,又开始感叹:"主啊,终于结束啦!"妻子坐到床头,摩挲着他的头发,听他讲述,他设计的方案无比明晰,而他讲起来又无比模糊。讲到走下通往地下室的台阶时,妻子紧紧握住他的手，穆斯林祈祷死者的一段古老祷词，又回到她的记忆：不要害怕，现在你得独自穿过黑暗……

他亦步亦趋，跟着部长下楼梯，窥伺着那道门出现的时刻。然而到了决定命运的地点，他们猛然撞到一面光滑的墙壁。新抹的水泥灰浆的气味表明，这道墙是不久前砌成的。顶多是在两三天前，不可能再早了。不过在我看来，这是天下最美观的墙壁。赐福墙啊！我心中暗道。希望和祈祷的墙啊！我真想跪下去，就像是希伯来人到耶路撒冷，朝拜圣墙，激动得哭泣，连连唱颂诗。不知道我怎么能控制住了。部长肯定在观察我，显而易见，他在考验我。他可能写进报告中的话，穿过我的头脑：面对墙壁，建筑师丝毫没有显露出惊讶的神色。同样，我向他提起地下通道时，他一点也不吃惊。

妻子一直抚摩他的头发，结束了，主啊，完全结束了，她隔一会儿便重复道。通道终于封死了……对于我们，毫无疑问，丈夫回答。对于我们这些人来说，通道堵死了；可是，对于施工的那些人，就未必了。那些可怜的人，在恐惧中等待，如果他们还没有被碾碎的话。

妻子感到丈夫话里有话，还有什么事犹豫是否告诉她。

"睡一会儿吧，"妻子劝他，"要不要我躺在你身边？"
"来吧，心爱的！"

她完全脱光了，亲热地紧贴到他身上。睡吧，平静下来，妻子在他耳边喃喃说道。然而他的头脑似乎平静不下来，显然还想补充点什么。

"有问题吗？"妻子终于问道。

他点了点头："不错，我是有点事儿……不能憋在心里。"

妻子躯体僵硬了："可是，你全对我讲了呀？"她柔声细语地说道。"除开这件事，真的什么都无所谓了。现在，睡吧！"

"不，"建筑师说道，"还是一吐为快……那道门……"

妻子听到自己吼叫起来："又是那道门！你不是说砌死啦！永远封住了……"

"这是千真万确的。不过，你别惊慌，完全是另一码事儿。有一天……"

妻子紧紧抓住他的手，他就立时想到穆斯林古老的祈祷文。

他以令人心寒、异常明确的词语，全部向妻子讲述了。接班人的儿子向他泄密之后不久，他又回到那地方，受可恶的好奇心驱使，他再次下到地下通道，在昏暗中寻找那道门，像盲人一般摸索了好一阵，终于确认疑似的门：这扇念念不忘的门，只能从另一侧，即导师住宅那一侧打开。那边肯定有门闩和锁头,而这边,接班人家这一侧,绝对没有任何设防。

"我不明白,"妻子打断他的话,"难道这就是你的秘密?"

建筑师苦笑了一下。她怎么还不明白呢?最重大的秘密,就是儿童游戏。导师及其家人,想进就能潜入接班人家中,不管是拂晓还是午夜,接班人则不能。而且还要糟糕:他毫无办法封门,也封不得,根本没有这个权利。这也许是他们商量确定的。

他妻子终于开了窍,她有好一会儿,一句话也说不出来。那么凶手不就可能通过那道门,随便进入吗?……她终于结结巴巴地说出话来:"真不幸啊,你估计了吗,说出来是多大灾祸?"

"当然了,"丈夫回答,"正因为如此,我还没有向你透露一个字。上帝明鉴,为了把这憋在心里,我经受了多大折磨。即使一个黑洞占据我的胸膛,也还容易忍受些。现在我向你坦吐了,终于感到轻松几分。"

妻子又开始爱抚他。

"可怜的小宝贝。"她喃喃说道。

"那道门,"建筑师继续说道,"仅仅单向开,犹如死神之门。"

妻子已经缠绕住丈夫,他们应该适时抛之脑后了。

现在他们已经咳出这毒汁，就只剩下发誓赌咒，永远再不提起。哪怕是到了荒原，毫无生命迹象之地，也不会吐露半点儿。因为，即使从那种地方，秘密最终也能传回来。正如那个理发师的故事中所讲的：有一天，他给旧时代的一位大老爷理发……

"那理发师不是叫吉约克·戈莱姆吗？"丈夫截口说，"求你了，再给我讲一讲吧。"

她开始讲故事，还像从前那样，低声细语，仿佛哼唱一支催眠曲。建筑师眯缝着眼睛，想象理发师走在旷野，神色恍惚，他给那位大老爷理发所发现的秘密，实在太可怕了，主人发出的威胁也同样骇人，让人脊背冒冷风：你小子听好，给我理发看到了什么，无论到哪儿讲出去，我说要就能要了你这身皮！可是，理发师却觉得，怎么也藏不住，非要叨叨他的发现：在脑后脖颈根部，长了两只小角。因此，他穿过冬季荒凉的原野，想寻找一个最僻静的角落，高声喊出这一秘密。最后，他在一口废弃的井边收住脚步，只见几棵芦苇在井口周围随风摇曳，他便蹲下来，唱出这样一段：

我知道了什么，
为什么我要缄默，
吉约克·戈莱姆哟，

  脖颈儿两只角，

    给我眼里添烦恼……

  唱出来心理就松快了，他这才返回村里，确信这秘密从他心里倒出去，无论到小酒馆还是在家里，再也不会憋得难受了。且说过了不久，一个牧羊人经过那井边，歇息一会儿，割了一根芦苇，想做一支芦笛。牧羊人都心灵手巧，他熟练地削出笛子，穿了七个孔，最后放到唇边试试音，着实让他吃了一惊，发出来的不是通常悠扬的旋律，而是这样一段唱词：

  我知道了什么，
   为什么我要缄默，
  吉约克·戈莱姆哟，
   脖颈儿两只角，
    给我眼里添烦恼……

  这故事多么不可思议啊，他听妻子在他耳畔悄声讲着，心里反复这样想，现在他已经将毒汁咳出去了，尽可以安心了，甚至不必再想那道该诅咒的门了。况且……万一像理发师那样，特别渴望到井边卸一卸包袱，那他也只会将头凑近自己的井口：他不是已经向它透露，它比任何井都幽暗而秘密吗？

　　他遵从了这种指点。不过，他妻子从内心深处道出的这些话，虽然压抑再压抑，他也能够辨认出来：我知道了什么……什么我要缄默……这道门能开关……只能开向一边！

　　他因为恐惧，想笑也笑不出来。继而，他们的窃窃私语掺进了各自的哀怨，直到又重归沉默。

　　妻子以为他睡着了，不料又听见他咕咕哝哝。在地拉那全城，那些怀疑接班人所谓自杀无非是一种变相谋杀的人，总是不断地低声发问：究竟谁能杀了他呢？在他们的脑海，各种各样推测纷至沓来，可是谁也想不到真正的凶手。

　　"现在，睡吧，"妻子反复对他说，"这些全忘掉吧。你经受不住了。"

　　"我是要睡觉，但是未向你坦吐最后一件事，我还睡不着。不折不扣，最后一件事，终极秘密，这之后，就再也没有什么了，相信我！"

　　"噢，不！"妻子哀吟。"什么我也不想再听了！"

　　"最后的最后，相信我。随后，就只有宁静了。"

　　妻子沉默不语，他认为是默许，嘴唇便凑到她耳边，抛出这句话："凶手，所有人都在寻找，永远也不会被发现的那个人……就是我！"

妻子强忍着,才没有失声痛哭。

"你以为我疯了吗?你不相信我这话?"

他的眼神冷漠而毫无表情,这是妻子从未见过的。

"怎么,你也不相信我吗?"他声音低沉,重复一遍。他那眼神越来越聚积盛怒,让妻子感到无可挽回,就要天塌地陷了。

她俯过身去,温情脉脉地搂住丈夫,对着他的耳朵,喃喃说道:"我当然相信了,如果不是你,那又能是谁干的呢?"

他抓住妻子的手,感激地拉到唇边,随后很快就睡着了。

妻子一只臂肘撑着身子,久久端详丈夫消瘦的脸,只见他脸上呈现出一种奇异的安神的神情。

可怜的爱啊!她想道,随即泪如泉涌。他们终于得手了,让你丧失了理智!

四

在阿尔巴尼亚首都,气温骤降,能想起已到三月末的人,可以说寥寥无几,而依据古谚,这个日照习俗,向二月借来三天,以便让冒犯它的人加倍打打寒战。

首都十四座大会场召集开会,人们竖起大衣领,抵御寒冷，步履匆匆，走向这座或那座大会场，人人都各怀心事。他们知道去参加的会议极其重要，肯定事关接班人，但是别的什么，他们根本无法预测。

正是这些人，早晨一到各自的办公室，拆开信封，全都傻了眼：他们注意到在分配会场方面，传统等级标准完全打乱了。副部长的打字员，接到的是歌剧院的请柬，那是最受关注的著名场所；反之，副部长本人收到的请柬，却是去一所农业中专学校的一间教室参加会议，那地方他从未踏足。不过，令人惊诧的事情才刚刚开始。一旦到了各自的会场，还有其他瞠目结舌的缘由等待着与会者。这次不同于往常，既没有主席团的长桌，也没有铺红台布，摆放鲜花。映入眼帘的是一把椅子和一张普通方桌，桌上放着一台录音机。比起另一个令人惊愕的起因：座席的安排，这还不算什么。普通职员、科学院院士、司机、花白头发的军人、政治局委员和各部部长们，无不默默地忍受着他们的小小悲剧，他们不相信自己的眼睛，最后一次核对请柬上注明的座位，然后才并排坐下。同如此高级的负责人邻座，突如其来的一种亢奋，往往会侵袭人的内心，但是不大明白其所以然，这种亢奋几乎立刻化为恐怖了。

一个半小时之后走出会场，所有人都仿佛惊呆了。他们刚刚通过录音机，聆听了导师在政治局会议上的讲话。这个讲话本来定于十二月十三日夜晚,由于时间太晚,就改到第二天,十二月十四日,正是十三日夜晚至十四日拂晓之间,接班人自杀了。

听了这个讲话,人们产生的头一个念头便是,接班人意识到第二天要受导师的斥责,没有勇气等到受罪的时刻,先行自我了断了。然而,讲话结尾宣布宽恕了接班人,出乎所有人的意料。这在民众的想象中,就足以打乱了事件的条理。

首都成千上万的居民,都感到同样的思想紊乱;而且,在一段时间之前,十二月十四日早晨,这种思想紊乱甚至困惑了政治局委员。如此急刹车,改变时间表,记忆中还从来没有过。中断的这十二小时,从夜晚到曙光初现,对大多数人来说:一晃就过去了。这是一个严峻的星期二,但是内中却隐藏着星期一置入的酌量的宽恕。导师的语调缓和下来,在动情的倾诉中,不时显得疲惫,又在一片肃静中提高了声音。他还像从前那样,直呼其名,冲接班人说道:就在昨天夜晚,再次思考之后,我现在确信,明天我们在这同一间大厅开会时,你已深刻地分析了自己的过错,最终能重新回到我们身边,回到热爱你的同志们中间,你对党始终是宝贵的。

对所有人,第二天如期到来,惟独对接班人例外。看来天注定,这番话他生前听不到了。会议拖延,时间太晚,这促使导师说道:政治局的全体同志发了言,现在轮到我了,可是,时间太晚了,我认为我的讲话最好推到明天早晨——这一延期便要了接班人的命。

会议这样中止,星期一和星期二之间的这种时间峡,接班人未能跨越的这道沟,使他跌入深渊。宣布对他的宽恕,除了他本人,所有人都到场了。

一种难以言表的悲伤,渐渐侵入与会者的心,一个人忍受惶恐和欺凌熬过了漫长的一个秋季,他怎么就不能多忍受一个夜晚呢?他何必走得这么匆忙呢?

导师的声音继续传到耳畔,依然那么宽厚,甚至不时伤心地略微停顿。听众面面相觑:唉,接班人为什么没有做到呀!

然而,这种遗憾的浪潮,突然遭遇一阵寒风,这样动情能走到哪一步呢?整个上午没有放过他们的怀疑又涌现了。回顾这一切,总有点什么事不自然。讲话安排在星期一,当时接班人还活着,可是等到星期二才讲出来,这时接班人只留下一具尸体。违反时间流逝的法则,过去变成了现在。昨夜、第二天。这就够了,大家都感到迷惑了。

下午这段时间,人们普遍从迟钝的状态摆脱出来,又陷入一种异乎寻常的骚动,大家都回想这个事件的轮廓:接班人的过错,发布他的死讯非常规的讣告,没有哀悼日，关于那个闹得沸沸扬扬的身影的谣言，各种各样的猜疑。接着，就好像这一切还不够，星期一和星期二现在又来了个对调：这是最巧妙的一招！看来，一国首都最不能容忍的，就是时间的这种抽风。

五

阿尔巴尼亚继续生活在接班人之死的谜中：各家通讯社落地的新闻报道大多大同小异，是这样开头的。

继他杀还是自杀两种已经熟悉的推测之后，持他杀见解的人进一步发问：为什么杀他，被谁杀的？期望这两个问题回答一个，另一个便迎刃而解，这也是合乎逻辑的。时至今日，哪个问题也没有迹象找到答案。

这期间，冰岛的一个通灵师，也关注起接班人之谜，终于找出点线索。死者临终的喘息，非常低沉，穿越暴风雪传到那里，从中听出一些关于十二月十三日夜晚的情况，涉及一个女人，确切地说两个女人：她们俩水火不容，原因很简单，有一个人存在，就使得另一个存在不正常了，甚至有这个就绝对没那个。在接班人和这两个女人之间，有某种负债或不了情，也可以解释为一种祈求、一种心愿，甚至是一种威胁。通灵师的解释也写得很怪，除了用德文和古拉丁文写的部分，在通讯社里引起了会意的微笑。相信能把两个女人争风吃醋的故事，扯进接班人之谜中，就表明太不了解共产主义世界了。那个冰岛人大失所望，他从分析员那里收到的，大致是这样的答复。

与此同时，离冰岛数千多英里远，就在事件发生的地点，继发讣告、紧接着导师发表了讲话之后，阿尔巴尼亚首都随即成了预言泛滥的大漩涡。然而，透过这重重迷雾，却显露了重新审查、甚或给接班人平反的苗头：深夜进行一次尸体剖检，重新调查死亡的情况，以及各种谣传，虽非有组织，但是看来并没有受到限制——例如，关于那个"身影"，夜间潜入宅内，或者，一名女佣瞥见的两条汉子正在楼梯去地下室，用胳臂挟持着接班人，或者他的尸体，等等。

重新调查，如果旨在重新做他杀的分析，那么接班人最后就可能定为革命烈士，被一伙阴谋分子杀害了——排演这样一出戏，在某些国家再常见不过了。

有一个新任分析员提出一种看法，接班人可能从一种假设到另一种假设，无休止地徘徊不定，犹如一颗下地狱的灵魂，游荡在但丁笔下的几层地狱。最后这句话，起自"一颗下地狱的灵魂"，止于但丁的名字，后来由作者从报告中抹去了，也许留待以后出回忆录的机会再用。

第三章　温馨的回忆

一

　　如果"他们"不是这么早就闯进来,这天清晨也会同往常一样。再好不过了,苏姗娜心中暗道,头又埋到枕头下面了。算来,她已经等了他们好几天了,就觉得他们在拖延,撂下尸检和其余的事不管了。很好,她又想道,还试图再睡一会儿。可是,外面的响动不大寻常,又引得她起来。

　　在走廊的正中间,昏暗中她兄弟正焦躁地咬着手指。未待姐姐发问,他用头指着那间卧室的门:"出什么事儿啦?"房门下面还像上次那样,透出一抹亮光,亮得令人不安。

　　一种极特别的声响,虽然消弱了,还是从屋里传出来。

"他们在爸爸的房间打枪。"小伙子低声解释道。

"什么?"姐姐惊叫一声。

"他们开枪,你不要怕。"

"你昏头啦!"姑娘说道。

小伙子也不应声,他扭着上身,脑袋始终偏向同一侧。姑娘发现自己的睡衣敞着怀,露出赤裸的乳房,便笨拙地摸纽扣,一时又摸不着。

又一声枪响,虽然消了音,还是听得见。你们全都昏了头!苏姗娜心中暗道。在她那还睡意惺忪的头脑里,有人正在杀害她父亲,确切点说正在残害父亲的尸体,她觉得这种念头既可能又荒唐。

她见弟弟作势要冲向那房门,便一把抓住他的手。

"等一等!"

姐弟俩敛声屏息,紧紧挨在一起,待在原地一动不动,只能听见对方的呼吸声。直到房门打开了,他们从门里射出的灯光中,辨清一个男子的身影匆匆走出来。他果然拿着一把手枪,毫无疑问,正是他开的枪。

姑娘想要发问:"你们这是要干什么呀?"可就是讲不出话来,甚至连"荒唐"或者"可恶"的词也发不出声。持枪人的身后,紧接着又走出两个人,身穿白大褂,手里拿着各种钳子。噢,不!姑娘暗自呻吟。她似乎看到钳子沾着鲜血。但好像这还不够,最后出现的一个人，伸长的胳臂上真的端着一个容器，装着一块血淋淋的肉。

多可怕的噩梦！苏姗娜心想，赶紧蜷缩到弟弟的怀里。不消说，这只是一场梦魇，近来频频做的那类噩梦。她的指甲抠进弟弟手心的肉里，但是这样丝毫无助于将自己唤醒。"你别怕，"弟弟重复道，让她放宽心。他们是用枪做试验，况且其中一位专家还给他解释过。"你听见我的话了吗？"

苏姗娜没有听，弟弟的嘴唇送到她耳畔，向她阐述最难理解的细节。他们进行试验，以便证实从外面能否听见枪声，听明白了吗？试验就是往肉里射击，在这种情况下用牛肉，因为贴着肉体开枪，不同于任何别种枪声。

这番解释，终于像有什么东西正在抵达苏姗娜的大脑。

"你怎么了解这么多细节？"她截口问道，"你同他们合作吗？"

现在轮到她弟弟抛出这句："你昏了头啦！"

这些日子，姐弟二人整天整日议论，怀疑他们小圈子的这个或那个成员想必参与了这一谋杀。

弟弟的胳臂搭到姐姐的肩膀上，将姐姐送回房间。苏姗娜深受感动，没有听见弟弟这样讲："你惹来这场灾难还不够吗？现在又开始讲蠢话，惹我们讨厌啦！"刚才那会儿，吓得她魂不附体的沾血的钳子，看来如同其余的一切，当然都是为了他们好了。也许多亏了那些钳子，他们能与从前的生活联结起来了。

一旦独自一人了，她就用手抚摩自己的乳房，继而腹部，继而下身。又是一种弥漫开来的感觉，心里不免想道，有五个多月没有做爱了。原以为永远也不会再产生的情欲，复来的冲击力，比以往更加强烈了。

五个月了，她心中念叨，怎么可能呢？她一直认为，有一周不做爱她就活不了，可是，她已经过了五个月的修女生活！

回想起来，订婚仪式之后，她与亨克共同度过的最后一段日子，是在海滨别墅，时值九月中旬，夏季的末尾，周围别墅人渐走空。虽然天气还不冷，他们的壁炉生了火，接着，他们像近来所喜欢做的那样，脱光了衣服躺着，她的情欲，片刻之后她的叫喊，达到了异乎寻常的强度。他也一反往常，像受了伤似的呻吟几阵。

有问题吗？她还气喘吁吁，当即问道，她苦笑了一下，又指出一交欢完了，双方就总是又被一天的主要思虑占据了。

亨克直视她的眼睛："你风闻什么了吗？"

她点了点头。当然听到了一些谣传。甚至包括"大院"内的传闻。然而,她心里却想,实际不会像传的那么厉害,世道如此,但凡订婚,势必引起流言蜚语。

亨克没有应声。

苏姗娜用指尖指着他的头发。

"即使你心里不承认,其实你已经受到了影响。"亨克又说道。

姑娘并不否认,这让她颇为气恼,但并不是他推测的原因。

"我还真不好向你解释……这与一种始终跟随我的小怪癖相连……你明白吗?……我想说的是……我特别渴望那件事……到了你难以想象的地步……这是在我身上发生的情况吧?"

"可是,在你身上发生了什么情况?"亨克打断了她的话。"你自己就强调,在这种情况下,流言蜚语是司空见惯的事……"

"当然是这样了……尽管如此,这也像一道障碍,一种警醒,不知道怎么给你解释……在如爱情般脆弱的领域里,一件小小的事,往往让你完全扫兴。"

亨克用眼角余光,打量她淡褐色轻盈的鬈发,仿佛力图猜测秀发下面的思路。是她亲口对他说的,在那难忘的日子,他们头一回脱光衣服,躺在同一张沙发床上。她那双纤手脱下夏季的衣裙,再脱下内衣裤。她的眼睛蒙上了欲望的雾气，一点也没有显出犹豫。她还对他叽叽咕咕，讲一些她绝不相信自己能说出口的话，同时伴随着极其大胆的爱抚……我喜欢做爱，尤其像这样，喏……你明白吗？……你让我进入一种状态……她突然发觉他有些碍难。你丝毫不必担心，我不是处女了，她悄声说道，还以为抓住了他退缩的原因。要知道，那是很久之前的事儿了……来吧，心爱的，她又说道，半呻吟的声调，互以撩拨的姿势送抱，几乎有点恼怒，仿佛受某种盲目的驱使；亨克则头扭到一边，就像被人抓住了过错。不，他不能，急忙向她解释这是头一回。他跟别的女孩，还从来没有过。

"跟别的女孩"的说法在她心里唤醒的激愤，她试图抓住不放。一方面她意识到不该耍小脾气，可是另一方面，她又憋不住这股火：怎么，跟其他女孩，一切都进行得那么美妙，现在跟她，就是白菜味道！

"听着，你倒是听我说呀……"他用明确的字眼儿，尽量向她解释，事情并不像她以为的那样。非但根本不是那么回事儿，而且恰恰相反，现在功能减退，是特别崇拜她而导致的。

她想打断他的话：她熟悉这种老调！在中学跳舞晚会上，同班的男生，一接触其他女生，就跟火炭一般热烈，等轮到跟她跳舞时，仿佛中了魔法，全身都僵硬了。他们的面颊当然变得通红，他们的手也滚烫，但是并不像乍一看让人以为的那样，不是出于欲望，发窘的原因正相反。欲望从齐腰部位开始退让了。他们不仅不贴近她的腹部，反而小心翼翼地规避，以便过一会儿跟其他女孩起舞时更好地施放。

这回轮到他了，他亲口对她说的也不过如此。一位高级领导人的女儿，总要引起羡慕、尊敬和畏惧，最终还是畏惧占了上风，尤其是他这种情况，又附加上家庭身世的原因。她耳边恍若还听见关于他父亲断断续续的话：地震学家，在君主政体时到维也纳学习，担惊受怕，始终沉重地压着家庭的命运……

苏姗娜听着这样没有说服力的解释，眼神里闪着讥讽的光芒，而在内心深处，犹如一曲咏叹调，不断重复这句词：真想不到，落到我的头上……她感到隐隐的怨怒没有减弱，便以冷冰冰的声调，向他抛去一句尖酸刻薄的话，但当即后悔失言了：害怕专政，就把你们折磨成这个样子？

小伙子咬起嘴唇。姑娘还试图削减这话的效果，随即以开玩笑的口吻补充道："父亲和我，我们就这么凶神恶煞吗？"

小伙子眼神里流露出的绝望，看起来无药可医了。姑娘抓住他的手，吻了一下，放到自己的乳房，再移至下身。完全放弃了羞耻，她这么做就容易多了。她柔声细语，对他说道："你不要移开目光，你觉得这事儿就这么肮脏，这么有威胁性吗？比无产阶级专政还可怕，还肮脏吗？心爱的，你说话呀！"

亨克没有回答。苏姗娜赤条条起来，走到窗口，观赏一会儿空荡荡的海滩。海水灰蒙蒙而寒冷。远处一个身影走在水边。她不知道那是不是她母亲，明知道也辨认不出来。宽大的披巾在那女人的肩上飘动，增添了她那步态的不安。苏姗娜感到脸变了形，要咧嘴笑起来。她想象母亲正在那里回忆自己的性欲高潮。可怜的妈妈，她若是早知道……苏姗娜心中叹道。一个月之前，她就跟母亲谈起她遇到的青年，母亲破天荒第一次表示理解。在那次交心时，苏姗娜投入了全部激情，向母亲吐露了还从未说过的事情。她完全抛开羞耻，用赤裸裸的字眼儿，说到她生理上的煎熬。自从她初恋分手……不如说把他们拆散之后，她就生活在地狱，不仅仅感情上的痛苦，这在母亲看来不过是宠坏了的小女儿的矫情，而且还有别种情况，这是谁也不敢明讲的：生理上的折磨。她觉得对自己最亲近的人，坦吐出来用不着害羞。两年定期的性关系一旦终止，她的肉体只好生生地割舍那个世界，听从了父亲的恳求，遵从关系到他政治生涯的不可抗拒的理由。她乖如羔羊，顺从父亲的心愿，了却世间最崇高的乐趣。然而，这种善不能无休止地持续下去。她终于认识了一个中意的青年。两个人当然严肃认真地考虑事情，打算订婚，但是她需要常见面，进一步了解对方。然而，鉴于众所周知的原因，这似乎不可能：有卫兵把守，他们的住宅位于专用街区，她若是进城，安全人员就寸步不离。惟独母亲能使她脱离这种困境，十分谨慎地帮助他们不时相聚，譬如在农闲季节，到他们的海滨别墅……母亲没有说不行，这倒大大出乎她的意料。

苏姗娜的目光继续追随那女人的身影，脚步迟疑地走来走去，她在心中第三次重复道：可怜的妈妈……

继而，苏姗娜受完全排除羞耻的裸体的启迪，以一种奇特的步态，近乎舞步回到未婚夫身边。他正皱着眉头，眼神呆滞地凝视着炉中的火焰。

姑娘却若无其事，坐到他的双膝上。跟我说说别的女孩吧，她细声细语对他说，丝毫没有怨恨的痕迹了。你先给我讲讲，然后，我也说给你听听。他的回答很干脆：没情绪。她抚摸他的头发，脖颈儿，试图哄哄他。可是他猛地把手推开：你把事情想歪了，并不是这事儿妨碍我，况且……什么，况且？姑娘接口说道，一副晃人的语气……况且，令人惊奇的是，事情本来可能很正常，你们所有人却散布多大的恐怖情绪……什么？姑娘嚷起来，小伙子急忙补充：没什么，没什么，忘掉这一切吧……突然冷场了，在寒气逼人的寂静中，这回是亨克用手抚弄她的鬈发，对她悄声说道：好吧，好吧，我来讲给你听……苏姗娜已经走神儿了，心不在焉地听着一段住院的故事：他的腿骨折，不得不住进医院，那个照顾他的女护士，年龄比他大点儿，上了他的病床；后来是一个一同上课的女生，再后来，另一次艳遇，是在北方参加青年培训班的时候。

这么说，你一点点问题都没有，一次也没有吧？她开始沉吟一下，又问道。你就成心留给我了，对不对？他摇了摇头，正如人要反驳对方之前，先单独抛出一个"不"字。怨恨，始终如此盲目，轮番支配他们。你怎么就不明白，你跟别的姑娘不同呢？他一再对她说。你不一样，要明白，完全不一样。这些话，她不知道该如何理解，有时听着欣慰，有时则不然。当亨克想要听听她的唯一恋爱经历时，她讲述中激情满怀，立刻让他衡量出，她还多么渴望报复他。随便换个场合，她讲述的方式就会更加平和，可是那天，她受怨恨的驱使，回顾起来特别热烈，根本不顾这会多么刺痛小伙子的心。"不一样"的字眼儿，你觉得用在我身上很合适吗？真正不一样的是"他"，从这个词的所有意义上讲。他不懂得尊重，也不知道害怕。真让人以为，他是这个制度的沉默的反对者。而其实,根本不是那么回事儿,他只不过是漠不关心。漠不关心而又是支配者。正如俗话所说,他们头一次约会,她就失身了。当年她刚刚十七岁。无论哪个男人,夺去她的童贞之后,看到证实的痕迹,即使不表露惧意,至少也会显出几分慌乱。然而他,根本就不予理睬。在那一刻她便明白,他正是她热切渴望的男子汉。她痴情地爱上了他,也许他也同样爱上了她。但是,他越来越不对她讲情话了。每次交欢之后,她就感到从他火热的劲头中,能看出某种隐秘的痛苦,仿佛从她的肚腹深处寻觅别的什么。围绕他的神秘和缄默,终于变得有传染性了。且说有一天,他意外地对她讲明,他已经订了婚,若照往常碰到这种情况,她准要大闹一场,又哭又喊,在泪如雨下和大发狠话中间,要求作出解释。可是这次,她只是垂下头,一言不发。他们的关系就这样持续了很久,一直到被人发现。那个时期,正巧她父亲要被正式指定为接班人了。他们的情爱关系被揭出来,其原因不言而喻:一颗新星突然升起,不算她先前所作所为的老账,也不给她今后不听话的任何可能性。你父亲即将被指定为下一个导师。你这么做是为了他。否则的话,我们就不得不把你的情人关进监狱,连同他的全部远近的族亲。

苏姗娜眼神惊恐,凝视着母亲。要把给她极大快乐的男人关进监狱？你们昏了头啦！她嚷道。是你昏了头，什么也听不进去，母亲反驳道。她还继续数落女儿：女儿经常同那个流氓来往还不够，现在竟敢为他辩护！他不是流氓，女儿回嘴，差一点就补上一句：他是把她变成一个女人的男子汉，但是随即就改变了主意，心想同母亲这样争吵一千年也是徒劳，在这点上，母女二人永远也谈不拢。

　　四十八小时之内，父亲要见她，他那办公室宽大的门窗，常年顶着大风的摇撼，时刻都能让人听见一种震颤。苏姗娜心里自然明白，她准备好的那套说词，一句也不可能讲出来。她自身的肉体，父亲能了解什么呢？她怎么可能对父亲讲她的乳房和臀部渴望爱抚呢，讲她下身的痛苦和性欲，必得经过化解才能消失呢。她急不可待，一天一天，一小时一小时，一分钟一分钟计算临近的那一刻，怎么能说舍弃就舍弃做爱呢？她始终弄不明白，当神魂颠倒、飘飘欲仙，身上一切都分解了，像蜡一样融化了，自己的肉体怎么还保持原形呢？他们在生活中，自有别种醉心的营生，诸如他们的代表大会、他们的旗帜、他们的国歌、他们的国家烈士陵园；可是她呢，只能依赖他……依赖他的肉体……他那无限的肉体……

　　父亲凝视她，目光清澈，冷淡的神色，说来也怪，今天似乎更容易忍受。接着，他一开口讲话，女儿立刻感到，不仅他的声调，而且他的用词和讲述方法，都不同于以往了。父亲对她谈的，恰恰是变化。从现在起，他，她的父亲，不再是从前那个人了。一个被指定的接班人该如何，谁也说不好，只有变成接班人才知道……在这上面他不会长篇大论，只想对女儿讲一件事情：人们认为今后，他比以往更有权势。这只说对了一半。另一半，他要亲口向女儿承认，仅仅向她承认：从今以后，他比任何时候都更有权势，也更加脆弱……我的女儿，希望你能理解我。

苏姗娜低头听父亲讲。本来需要数日或几周才能领悟的事，刚才一道寒冷而无声的闪电，给她映照得十分清晰。她感到眼泪要夺眶而出，便抬起眼睛，点头称"是"。她转身要走的时候，仿佛透过一层水雾，模糊地看见她父亲站着。她走到门口，便失声痛哭，急忙往自己的房间跑，就觉得泪珠洒到了地面上。

她这唯一的、独一无二的恋情，就这样结束了。她跟情人最后解释，尽量显得比较谨慎，既没有谈到他冒着坐牢的风险，也没有提起她和母亲的争吵，不过，做爱之后，她还沉浸在快感中，没有向他隐瞒她是为父亲的职业生涯作出了牺牲。他皱着眉头听她讲，没怎么明白她这话的意思。稍过一会儿，她又回到这个问题时，他大概终于抓住了一点什么,但是一言未发;他沉默了许久,才喃喃说道:这种作出牺牲的故事,让他想到他以为早已过时了的古远的传说。

这是他们最后一次谈话。

事情的经过就是这样……在她讲述过程中,未婚夫目不转睛,始终盯着他。我惹你生气了吧,心爱的?她抚摸着他的脖颈儿说道。你没理由气恼,这一切已成为久远的历史了……不,还真挺怪的,看来他并没有愠色。随着她讲述,他身上发生了变化。她还没有吃准究竟讲到哪个细节,引起了这种变化,只见他的嘴唇送到她身边,打断她的话。喁喁说道:你亮给我看看吧,你这神秘的黑洞?……

她喜气洋洋,急忙脱掉衣裳,双手也显得那么激动。我的心肝,我的心肝,在他第一次抚摸她的腹部时,她喃喃说道。她的喊叫化为饮泣,随即又复苏为不断的痉挛。等小伙子抽开身,她躺着不动,眯缝着眼睛。你真美呀!他轻声对她说道,而她并不睁开眼睛,回应道:是你让我变美了。

她不顾气喘吁吁,吻遍他全身,还满口甜言蜜语。我们还来吧?我们下午、晚上、拂晓都来吧?当然了,他回答,同时伸手摸索找他的香烟。

二

苏姗娜身体像散了架,紧紧裹着被子,试图重新入睡。回忆往事,从未感到如此疲惫不堪。像从前那样,她面颊潮湿,下身也如此。

窗外曙光初现。这次可恶的复查的全过程,看来接近尾声了。这种尸体剖检,这些穿白大褂的法官、这些器具和这些措施,终归能产生效果。可怜的爸爸,给他恢复名誉太晚了。至少他的灵魂能安息了。而他们,她母亲、弟弟和她本人,还继续活在世上。没有了父亲,当然就没有了他那危险的权势,他们将低下脑袋,回到自己的贝壳中,期望在里面抱团取点温暖。

这是老姑妈奈奈对他们说过的话,她是在悲剧发生的哀痛日子里唯一来看望她们的人:你们相互抱紧了,抱团取暖。

她乘坐一列好像为她专用的火车,拂晓之前到达,在似真似幻的天穹下接收的几粒霜雪,宛若星辰闪烁在她那黑头巾上。

苏姗娜又惊讶又惶恐,打量这位已经敲了半天门的陌生老太婆。

"我是奈奈姑妈,来看望你们了。"来客提高嗓门说道。

苏姗娜在楼梯脚下嚷了一声:"妈妈,是奈奈姑妈来啦!"

女儿心想,长时间隔离之后,终于有人来敲他们家房门,母亲一定会显出几分高兴才是,然而,母亲时而失眠,时而嗜睡,肿胀的眼睛轻蔑地打量来造访的妇人,就好像认不得了。

"您把我忘记了,我也不怪您。上帝也不招呼我去,我心里就叨咕:他让我免遭了什么样苦难啊?"

奈奈姑妈讲的是老话,滔滔不绝地嘱咐,苏姗娜听得半懂不懂。她的嘱咐大多以"不要"开头:不要给任何人开门,不要记任何事情,连做的梦都要忘掉。不要试图猜测是什么手击倒了这个不幸者。在一只手后面可能隐藏着另一只手,但是在另一只手后面总有上帝的手。"你呢,我的姑娘,"她冲苏姗娜说道,"不要想你是祸因,你也同样,孩子,"她转向弟弟,接着说道,"不要想着报仇,不过,尤其是你,服丧的女人,世间不幸女人中的不幸女人,不要再想了。木已成舟,就不可拆毁,拆毁之物,不可复合。忘掉吧,以使别人忘掉你们。"

老太婆这样唠唠叨叨,母亲注视着她,目光始终迟钝,不时流露出惊慌之色。

苏姗娜思乡怀旧，模模糊糊想起家族住在偏僻小山村的成员，他们时而以令人内疚的形式浮现出来，几乎随即就消失了。

奈奈姑妈并不怪他们，也不向他们大发牢骚，只是一个劲儿地抛出以"不要"开头的嘱咐。她显然很满意，看到她的嘱咐似乎引起了侄儿的注意，不仅如此，喝完咖啡之后，侄儿还把她拉到一旁，要单独跟她讨论。

忘掉吧，以使别人忘掉你们，苏姗娜心里咕哝，重复老姑妈的话。说说容易，仅就梦而言，就办不到。从今往后，此生的一半，且不说她生命中最牢固的部分，正是由回忆和梦想构成的。

现在还是四月份，但是在它的临界线，五月即将入场，而打头先行的，五月的第一天，被人尊奉为神，是绕不过去而又欢腾的一天。

从前她绝想不到，在她一生最沉痛的日子，却充斥着闹哄哄的人群，大卡车、标语牌、小红旗、播放军乐队喧嚣声的高音喇叭。她父亲的画像，紧随导师画像队列之后，比以往数量更多，在各处摇晃。

她在观礼台上，定睛凝望绵延不断的游行队列。她不时感到头晕目眩，惴惴不安地想到，那个男人也许还在松树街的套房里等她。他现在重复说的是她讲的哪句话呢？如果八点三十分我还未到那里，那就意味着我们再也不能见面了。我会爱你一辈子。若是能活两世，我也会自始至终爱你两辈子。

她不时朝中央观礼台瞥一眼，望见她父亲站在导师右侧，在摄影师闪光灯噼啪声中，向群众挥手致敬。过了一会儿，好像为了确认什么也没有改变，她又非常谨慎地扭过头去，看到一切始终在那里，父亲站在原来位置，靠前两步，在导师的身边，在她疲惫不堪的头脑中，立即闪过一个个镜头片断：她父亲错后两步，她则在宾客中间闯开一条路。我的父亲大人，您没有被指定为接班人吧？您对我这样讲，仅仅是为了蒙骗我吧？如果不是这样，那就还给我自由吧，我的父亲大人，好让我再和我的心上人相聚，让我脱掉衣服，融化在他的怀抱中。

庆祝宴会也同样难以忍受。丰盛的华宴，祝愿成功的声音越来越高，她父亲佯装没有听见，脸上笑容可掬，同所有人都保持距离，这种氛围使她陷入麻木状态。她在这种状态中，就感到彼此毫不相关的话语和场面，零碎而散乱，在她的脑海漂荡。

这种光彩夺目的宴席，越来越让她联想到祭坛，她要躺在上面，在蜡烛中间成为祭献的供品。她的目光有时同母亲的目光相交错，我的父亲大人，这一切对您，至少还有点什么用处！这就是她观察父亲的脸，心里想说的话：他那张脸洋溢着幸福的神采，好似一位年轻女婿。他把女儿的未婚夫打发掉，在这噩梦的宴会中，自诩为女婿了。

完全出乎意料，"五一"这天下午风雨交加。苏姗娜关在自己的房间，不停地哭泣。她现在醒来，是在这同一张床上，却想不清自己究竟身处什么时间。

三

她终于起床了。她的眼泡儿肿了，不过，近来拂过她头脑的第一个念头：何必取悦于人呢？这回却没有一点踪影。

住宅里静悄悄的，难以相信几小时之前，还有一些人，拿着器具和手枪，从一个房间到另一个房间来来往往。此刻，弟弟通常出去了。母亲也肯定出了门。还像先前做过几十次那样，她走近父亲的房间，按下门把手。房门也一直锁着。

她回到自己房间，撩开一绺头发，梳头之前，先察看一颗青春痘。她的印象里，甚至已经忘却梳头究竟有什么意义：这种举动，从多少方面来看，都与美相关联。

弟弟的房门虚掩着，她从门口观望，看见桌子上的一摞书散乱了。这间屋谁也不敢进入，弟弟却让奈奈姑妈进去，关起门来谈了很久。

后来，她看见他们一同下楼，在楼下漫步，经过通往花园的小门走来走去，小伙子俯向姑妈，长长的胳臂搂住她，而她一身黑佝偻着躯体，活像她这隐秘的痛苦。

奈奈姑妈下午就走了，不过，她的身影和话语还留在住宅的墙壁之间。弟弟并不掩饰，他对家世的可怕秘密十分好奇。例如，引起地拉那城议论的这种厄运。在这种厄运中，分别关系到住宅和家庭，或者关系到房门和门槛的布局。甚至对灾难来源的地点，他也很感兴趣。

关于最后这一点，姐弟二人都不知道如何看待，一种厄运果真存在的话，那么寄寓于住宅的哪一部分呢，是在老宅还是新宅呢？换言之，在这两种布局的哪一种里面呢？

二人议论的时候，苏姗娜怎么也挥之不去建筑师那张脸。她几乎确信，厄运始自住宅的新建部分。根据她童年时听人讲的，这座宅子被新政权收归国有之前，曾属于一位钢琴家：他在君王和王后新婚大典之日，为他们演奏了第一支华尔兹舞曲。那位钢琴家，即使双手沾上了鲜血，跟他们也扯不上一点关系。

弟弟苦笑了一下，他不大了解一座房子换主人时，古人是怎么说的。在这个话题上，奈奈姑妈也含糊其辞。那不是我生活的年代了，老太婆叹息道。我们从前，命运、诅咒、厄运，有另一套习俗，而如今，存在新的习俗，我一点也不明白：说什么congresses，什么plainiomes，① 瞧瞧去还有别的。哎哟喂！

苏姗娜提出看法：住宅新建部分当然还没有历史，墙壁刚刚干，只在里面举办了订婚礼。她兄弟却连连摇头，表示不同意。他认为罪恶和住户同时搬走，一直寻找可作藏身之所的屋墙。犯罪行为，如果没有发生在那里的屋墙之内，也是因为在别处已经犯下了。譬如在山里，上一次战争期间。有人称之为解放战争，但是很多人断言，那是一场内战，换句话说，就是一场争吵打架。

"你认为爸爸会犯了罪吗？"姑娘几乎呻吟着问道。

接着，他的冷言冷语，让她起了一身鸡皮疙瘩：一桩从前压下去的婚姻，如果被新的订婚礼的喧闹扯出麻木状态，就会突然讨要欠自己的账。可是那些订婚关

---

① congresses 和 plainiomes 是阿尔巴尼亚文音译的外来词，故阿尔巴尼亚老一代人不明白，放在一起是"全体代表大会"的意思。

系，有多少被所谓的阶级斗争拆散了！

"你疯啦！"她冲他嚷道，"又疯又缺德。"

他反驳道，他既没有疯，也不缺德。可是，当苏姗娜泪流满面，争辩说她受不了被人指着，认定她和她那场订婚礼是整个灾祸的起因，弟弟便拥抱起她，久久地抚摩她的头发。

"让我再哭一会儿吧。"当弟弟一再劝她收住时，年轻姑娘这样央求。

出事那天早晨，他们母亲的花白头发，整天整日抓住他的思想：母亲满楼吼叫，冲死者说："真不幸！你对党干了什么！"弟弟对着姐姐的耳朵悄声说："她是为党哀叹，仅此而已。既不为她本身，也不为我们这些人。"

后来。苏姗娜又想到这个场面，就感到父母跟党结成的关系是一个谜，他们永远也解不开了。这种关系比血缘关系还要牢固，婚姻的纽带就更不在话下了。

在山里……她重复弟弟的话，那山上一定犯下了残暴的罪行。这种极特殊的关系，无疑在那里把他们连结起来。

这种关系太过新颖，性质还不为人认识。这种关系与宗派关系不同，因为同样建立在流血的基础上，便能与血缘关系相抗衡。两者只有一点差异：这种基础不是同族人血管里流淌的血液，据遗传学称千年不变，而是另一种血液，外部的血液。也就是说他们以学说的名义，像醉汉一般，让他人的血流淌。

姐弟谈话，每次涉及这种话题，姐姐就用手捂住弟弟的嘴："求你了，不要讲这种事了，赶紧从你的思想里清除掉！"然而她又不由自主，在心里反复说：血管里流淌的血，他人流淌的血……

楼门吱嘎的声响，引她扭头望去。是他回来了。他还气喘吁吁，说道："传闻满天飞，要把地拉那城压垮了。看起来，要给爸爸恢复名誉了。"

等一等，按照顺序，全讲给我听听！

他们在二楼小客厅里坐下来，点着了一支香烟。大家到处讲，先前一直有意忽略进行尸体剖检。甚至指名道姓，讲出那些负有责任的人。为首的便是阿德里安·哈索伯。

"这么多好消息呀！"苏姗娜说着，就拥抱弟弟。她当即意识到，清晨自己抚摸身子，还解着睡衣纽扣。

弟弟又点燃一支香烟，开始猛力吸着，就好像缺氧似的。他的双眼只盯着同一点，瞳孔仿佛凝固了。

"你怎么啦？"她柔声问道，"刚才你要说什么，现在突然又陷入沉思。"

弟弟心不在焉，冲她微微一笑。

"没什么……刚才我只想说,我们应该准备好。"

"准备好什么?"

"奈奈姑妈最后一条嘱咐,你还记得吧:'你们要准备好,到时候知道该怎么讲。'"

"'知道我们该表明什么……'你是说:关于十二月十三日那天夜晚?然而,凡是我们知道的,我们都已经说明了。"

"老姑妈指的不是法官。"

"那指谁呢?"

他呼吸都费劲儿了。

"指的是爸爸。他一旦出现在你们面前,你们得知道该对他说什么。这就是她所说的意思。"

"你真要我的脊背冒凉风吧?"姑娘埋怨道。

"你毫无理由害怕。老姑妈的意识运转,还像两千年前的古人。对他们来说,同逝者相遇是不可避免的。在哪里无关紧要:在梦中,在另一个世界,在我们自己的意识里……"

"我梦见过他两次,但是没能同他说上话。"

"总有一天,你要跟他说话。我们所有人,你、妈妈和我,我们应该知道要对他说什么。"

他用词尽量减少凄惨的成分,详细描述人世和阴间相隔的模糊地带,犹如古人想象的那样。就像成千上万的人在火车站或飞机场,死者也三五成群,等待他们亲人的到来。有些人意乱心烦,急不可待要热烈拥抱分别的亲人;但是也有一些人,眼神阴沉,心怀怨恨,展示他们的创伤,要求给予解释。他们展示在他们身体开的刀口,同时还打开条约、福音书、官方声明、法规、尸检报告和古诗篇。

苏姗娜指了指他的手:"亲爱的弟弟,不要再讲这些可怕的事啦!在世间不是受够了吗?"

他摇了摇头,说是"不然",将来有一天,他们要面见父亲,心里必须清楚该对他讲些什么。"你是第一个,"他转向姐姐说道,"你,所有人里最无辜者。最纯洁的人!遭受的践踏比任何姑娘都惨。假如万一他胆敢……"

"不!"苏姗娜高声说。"我不愿意别人再提这事儿了。我已经原谅他了。"

"我可以相信你。"弟弟说道,"你同他相见就概括为思念亲情的拥抱。也许根本不用开口讲话。可是见到母亲就另当别论。"

姐姐始终低垂目光。

"'你呀,我的妻子,这三个月来,你就无法合眼,偏偏在十二月十三日那天夜晚,你却酣然大睡,这怎么解释呢?'这肯定是他要提的问题。要我来想象,还真说不好她会怎么回答。她要说吃了什么药，才好为自己辩解呢？要用什么药方做挡箭牌呢？"

他们沉默了半晌。接着，他就好像怕惊醒她，声音几乎听不见，喃喃说道："至于我，恐怕就更难了……"她困惑地转动着眼珠。

"不要怕！"小伙子向她发话："跟你可能想什么毫无关系。如果说我犯难，那也是另有原因。"

他说着说着，就咬起手指尖儿。苏姗娜一时猜不透他到底想说什么。更难，无可争议，因为作为儿子，面对向他展示伤口和血衣的父亲，非但不保证继承血统，反而明确表示：别这样摇晃这件血衣了；您是我父亲，我不评断您的所作所为，但是要知道：您的血统，我也不会继承！这样讲比做什么都难！

我的心哟，她想道，为什么用如此可憎的事情折磨你呀？

他面无血色，仿佛自说自道，他解释为什么，即使有那种机会，他也不会，绝不继承他的血统。还有一回，他已经表明了这种态度：这是另外一种血液，不同于流淌过的，而是流往另一个方向，属于一种迥异的样式。同样，他们母亲的乳房也是另类。他，他的父亲，跟他母亲一样，一个是血液，另一个是乳汁，都由不同寻常的法则支配。在庆典中，唱国歌，到处高呼："党的光辉!""党,我们的母亲!"很快就会有人吼道:"党的乳汁,乳房和生育!"实际上,从第一批共产主义小组开始,萌生的情景均如此:小组中的积极分子(男人和女人),睡在一起(或者不睡在一起),不是符合人类的法典,而是遵循学说的规则。

他越讲证据越尖刻,但是她抓不住一点空隙让他心平气和。

这段历史就是这样开场,他们不愿意再去想,夺取政权之后便转了向,生育了自己的子孙。

他苦笑了一下。

"他们生育了我们,但是要知道,这不过是暂时的身份。到了尽义务的时刻,一旦党要求,他们就会毫无顾忌,将我们踏在脚下,就像对你那样,他们已经践踏了你。同样,他们也会如法处理我,只要党说要求那么做。"

苏姗娜终于打断了他的话:"我的灵魂,恳求你了,够啦!"

"让我说完。"他回答,声音冰冷,"我现在说的,绝不是空洞的话。我们的父亲,就在这里,就在这房间,亲自对我发出威胁:你是我的骨肉,但是你要明白,一旦你背叛党,我就会亲手给你戴上手铐脚镣。我看他的眼神,就明白他讲的是真话。你呢,明白我对你说的这些吗？他能做出三千年前亚伯拉罕①完成的事：按照要求把他儿子祭献给上帝。"

苏姗娜双手捂住脸。从今往后，她对噩梦习以为常，只等待弟弟的絮语穷尽。可是，他一再回到这种促使儿子出卖父亲的新遗传学：父亲出卖儿子，妻子出卖丈夫……因此，十二月十三日那天夜晚，他们昏睡过去，根本不清楚发生了什么情况。

苏姗娜终于起身，走向浴室，用冷水洗了把脸。说来也怪，弟弟近来向她絮叨的那些可怕事，跟她清晨的噩梦消失得同样快。

她一回到自己房间，就对着镜子待了许久。她动情地察看自己梳妆的物品。唇膏久未使用，似乎已经干了，她抹唇之前先润湿一点儿。抹上的口红，在她看来显得诡异而险恶。设使弟弟还在她身旁，让他抓住这个话题，又会大发一通什么不祥的议论。

我的心哟，我们还是尽量想点别的事儿吧……她想道。至于奈奈姑妈，这个黑色的存在，如果她显示好兆

---

① 亚伯拉罕：《圣经·旧经》人物。希伯来人，即今犹太人始祖。原名亚伯兰，神耶和华立他为多国之父，改名为亚伯拉罕。他一百岁时，妻子撒拉生一子，取名以撒。上帝为了测试亚伯拉罕的信心，命他将以撒祭献给上帝。亚伯拉罕准备遵命，上帝便给他一只羊羔代替。

头,那就欢迎她;否则的话,她休想再跨进这道门槛!

尽量想想别的事儿,她在心里重复道。也许最终,又能回到正常的生活,即如她弟弟可能说过的,从属于旧遗传学的那种生活。也许别人也要追随她父亲的步伐,陆续离开这个世界。整整一代人,从山上下来的那代人,如人讲述的那样,肩上披着一块毯子,浑身罩着可怕的神秘光环,都要消隐在雾里了。

主啊,就让他们消失吧,让生活复原,给人活路吧!直到最后那一刻,前往彼界,到老一代等待他们太久的模糊地带重逢。

她看见自己在那凄凉的地方,面向从远处迎她而来的遍体鳞伤的男人。

父女频频拥抱,在这过程中,父亲当然尽量避开她的红嘴唇,而她极力躲闪父亲衣服上的血迹。久久拥抱之后,离别了这么久,她能想到什么话对父亲讲呢?

话到她嘴边,马上又化为乌有。

她感到浑身散了架。这无疑是春回大地,凝聚的喜悦萌动,让她觉得骨软筋酥。

双脚自然而然将她带向床铺。在进入昏昏沉沉的状态之前,她最后试一把,抱着无所谓的态度,考虑去冥河边见到父亲,能讲什么话。我的父亲大人,当初对我,您信不过,您遭到的祸患也因我而起。

这一天大部分时间，她就这样在床铺和镜子之间度过的。

她从电话旁边经过时，有好几次拿起话筒，却又不大清楚为什么，只是感到中断了这么久，这条线路应当率先恢复了。

夜幕降临了，她从窗户望见她弟弟好像魔鬼附身，在花园里走来走去。可怜见的，就好像麻烦还不够多，他仍要抱着各种各样的怀疑自寻烦恼。自从奈奈姑妈来探望之后，这些疑虑似乎更加死死地钳住他了。

奈奈姑妈……她懒洋洋地想道。真的就是她吗……

她急步下楼，跑到小隔栅，等她弟弟一到跟前，就告诉他这种怀疑。弟弟认真听了，随后非但没有说："你想到哪儿去啦？"或者"你当我是神经病啊，我看你更神经……"之类的话，而是低声回答，同样的怀疑也曾存在于他的头脑，但是他怕吓着她，才没有告诉她。

"再说了，能有什么会那么骇人听闻吗？"苏姗娜接口说道，装出满不在乎的样子，但自己都觉得声音变小了。往最坏里想，一位自称的姑妈来敲他们家门……这类事情有可能发生……尤其……尤其是……在他们所处的境地……

当然了，这类事情时有发生，弟弟咕哝道。然而，他的怀疑是另一种性质。他清楚地记得，多少年前，有一份电报丢在一边，全家无人过问。正值苏联入侵捷克斯洛伐克①，爸爸和妈妈心神不宁，整天没完没了地开会，没人理睬那封电报。当年他刚识字，只留下一点模糊的记忆，那也是他出生以来第一次拆开一封报丧的电报，当奈奈姑妈一登门造访，他的脑海猛然又浮现那封带黑边的电报，以及宣告她死亡的简短电文。

苏姗娜双腿站立不稳了。"照你这么说，是一个死人敲我们家门啦？你要用这样可怕的事，最终把我吓掉魂儿吗？你就想达到这种目的吗？"

"胆小鬼！"弟弟回敬道，"一个死人，就把你吓成这个样子？我们所有人，照你说，我们究竟是什么呢？我们已经是半死的人。吓唬老实人的幽灵，这正是我们！"

"嗳，不对。"姑娘说道，"别讲这种话！不要这么说了，我的心肝，就在今天早晨，你还满怀希望，完全跟我一样，你又碰到什么事儿啦？"

弟弟请她原谅。他没有变，也没有收到什么坏消息。这恰恰是她的神经松弛的缘故。

---

① 指1968年，苏联出兵占领布拉格，推翻有离心倾向的捷克斯洛伐克政权。

他一边摩挲着姐姐的头发，一边又给她灌些寄托希望的宽慰话。还像近来那样，种种迹象看来很有利。甚至奈奈姑妈的出现，也绝非什么坏兆头。就算她是秘密警察的上校，伪装成老妇人，或者是从哪个村庄墓地逃逸的鬼魂，不管怎样，她远远胜过那种虚无，胜过那种坟墓的寂静。那种寂静的门似乎化为墓石，什么手去叩门也永远不会发声。

苏姗娜放下心来，没有再说什么，返回楼内，来到走廊时，觉得母亲的房门缓慢地关上了。她注意到近来，母亲每次看见姐弟两人在一起叽叽咕咕，就摆出一副忧心忡忡的样子。

苏姗娜午夜时分醒来，按照新近的习惯，她起床在楼里转悠一阵。冰冷的月光从玻璃窗照进来。走到楼下，仿佛看见客厅的门虚掩着，心里不免特别惊异，她便加快脚步走过去。果不其然，想必调查员早晨来了之后，就这样摆下走了。从十二月份以来，他们忘记关好门，这还是破天荒头一遭。不过，也许这并不是偶然的。也许这是周围气候变化的一种征象。

她伸手摸索开关，但是马上又移开。户外的卫兵，肯定在监视里面的一举一动。况且，也根本无需开灯，客厅沐浴着月光，给人的印象如弥漫着雾气。她的眼里漾出泪水。眼前这间屋与她的想象中同样不真实。订婚礼那天的片断记忆,以难以承受的清晰,在她的头脑中涌现。她的未婚夫站在大理石壁炉旁边由两个伙伴陪伴,品味着杯中的香槟酒。稍远处,身穿黑礼服的父亲的背后,又见到一位客人,手捧一束红花,身后跟随一小伙人。一个个都兴高采烈。摄影闪光灯的噼噼啪啪声音。一个人声问道:"咦,苏姗娜在哪儿呢?"接着,又出现建筑师那双眼睛,因激动而热泪盈眶。然后,全体都静止不动了,有人说道:"导师,导师来了!"导师一进来,全体就进入僵硬挺直的新阶段,这次是酒杯的性质:一个酒杯发出的声响,在寂静无声中格外响亮。

他几乎双目失明了,我不是对你说过吗?苏姗娜扭过头去,仿佛躲避她弟弟的目光。

导师尽管力图掩饰,但是一举一动都暴露出失明。甚至他的声音都好像受了影响。他以低沉庄重的声调讲了这样的话:"祝幸福美满!多子多孙!"同时目光寻找未婚夫妇。苏姗娜僵在原地,一时难以确定,一双浑浊的眼睛还是过分锐利的眼睛,哪种更容易直面以对。

导师临走时,父亲和他又拥抱在一起。他们彼此无疑说了许多动情的话,久久没有分开,就好像从哪里刮起一股穿堂风,只有两人相拥才能保持微妙的平衡。他们终于挣脱了拥抱,苏姗娜注意到,盲人眼里滴下泪水,正想着所有类型的眸子都流淌同样的眼泪,这念头猛然被母亲尖厉的声音打断了:"您要不要在房子里转一转?"

导师缓慢地朝隔壁的客厅走去,苏姗娜后来每每想起那情景,总要沉入同样深度的不安。

还像那一次,她走的是同一路线。客厅沐浴着乳白色的月光,恍若进入幻境。那是住宅里最漂亮的房间。最近来看望他们的亲友,都重复这种说法。就在订婚礼的前一天,她弟弟从门口就观赏这间屋,听姐姐问他:"富丽堂皇吧,对不对?"他却回了一句:"的确,也许过分了。"

苏姗娜仿佛受了激励,急步跟上那一小伙人。导师的黑大衣长得出奇,部分减弱了他不规则的脚步声。苏姗娜听见母亲那尖刻的、犹如刀片一般锋利的声音,正在解释说:这是第二客厅,所有人都一致认为,这是楼里最美的房间。女儿心里暗道:妈妈你这是怎么啦?她的目光和建筑师的目光猛然相遇。苏姗娜颇感惊异,觉得他那对黑眼珠,比红色更显炽热,就好像两块火炭。从他那眼神能看出,期望恭维和害怕贬议,分别引起了发光和不安,而且还看出有别的什么潜入,掺杂进两颗眼珠里。

母亲的声音一如往常,又细又尖,效果真奇特,能穿透满堂的喧哗。她解释客厅里的落地灯开关方便,安了一套特殊系统，这在阿尔巴尼亚尚属首次。女儿浑身又一抖，心中急道：妈妈，别这么讲啊！可是，导师正巧站到女主人手指的开关前。黑大衣一直掩饰他不稳定的步伐，再也掩盖不住他手臂的摸索。他靠近墙壁，以视力不好的典型动作，摸索寻找开关，周围顿时一片肃静，他的手扭动旋钮，灯光便增强亮度，于是他大笑，声音洪亮高亢。他继续增强亮度，一直到极限，随即又哈哈大笑，就好像找到一件称心的玩具，其他人都纷纷随声欢笑。旋钮还继续转动，开始转向另一边。灯光渐暗，就觉得一切渐渐变得冰冷，白璧微瑕，直到厅里众多的灯完全熄灭了。

客人以关灯取乐，后来每次都把她投入惶惶不安中。有时她觉得对他们来说，恰恰是这一刻风向变了。

苏姗娜重又感到浑身乏力，悄悄离开客厅，看来，这种惶恐的心情即将过去。多少内心的慌乱，仅仅预示其就要消解。在种种迹象中，贴了很久封条的客厅终于打开，这事本身就表明结束了。

第四章　失　势

一

她几乎意识到重又身处梦境。门很低，过梁上面拉一条随和的常青藤，仿佛在沉睡。她一直未弄明白，为什么这根青藤放在那里。她把手伸向金属门环，在抓住之前，她似乎听见敲门声。咦，她心中不免惊叹，尽管她没有感到特别惊讶。不待惊讶，恐惧占据了她的心。

她朝前移了一步，可是，敲门声非但没有停止，反而越来越重了。声响发自厅里，时远时近。这门中了邪！苏姗娜嚷道，当即惊醒了。几乎同样的梦，两周前就做过，只是这次醒来，呼声还在继续，而且比梦中还要响……

他们干吗这样敲门……她想道，难免有些不安。他们有钥匙，能像往日那样随意进来。

这是明摆着的事,他们像往常那样,随时可以进门。苏姗娜觉得,还可能再睡着,于是把枕头掀起很高,好似房顶,将自己的头盖住。敲门声倒是停止了。但是现在,代之以满楼梯的脚步声。她似乎也听出了母亲的声音。苏姗娜从枕头下面抽出脑袋。果然是母亲的声音——那哪是说话,她喊叫起来了。

姑娘跳下床,还没容她冲到门口,房门就猛地打开了。母亲的叫喊,何止是发自她的嘴,还似乎发自她那久已褪色的雄赳赳的头发。"醒醒吧,我的女儿,现在赶我们走啦!起来吧,不幸的姑娘!"

苏姗娜一脸惊恐,半光着身子,终于领会了主要意思:从即刻起,顶多两小时,他们全家必须搬离这所住宅。一辆卡车停在楼前,等待他们,要把他们运往别处。他弟弟满抱书籍,已经冲下楼梯。

苏姗娜在自己的房间,还真需要点时间控制住自己的双手。继而她明白了,并不是手有什么问题,关键是支配双手的大脑,忽而向左,忽而向右。大脑忽而觉得,她周围那么多物品,什么都不要带走,忽而又相反,要全部带着。

卡车停在楼前,车尾几乎贴在楼门。苏姗娜抱着第一批冬衣,走近卡车,目光避不开车牌号 LU - 1417。"勒谢尼"——姑娘不由自主地想道。阿尔巴尼亚中部

89

地区，安置流放人员的首选地。

苏姗娜重又上楼，碰见两名搬家具的士兵。母亲在一楼走廊里忙碌。她弟弟眼睛什么也不瞧，又急步下楼，这次除了书，他还搬了一个大盒子。也许是他的录音机，或者打字机。

抽屉全部半拉开，面对里面装的内衣物品，苏姗娜踌躇不决。她动作缓慢地取出纯棉内衣，随后又取出母亲从国外给她带回来的卫生巾。她一边往手提包里摆放这些东西，一边计算她有多长时间没离家了，忽而觉得是三个月，忽而觉得是四个月。

走廊里又响起母亲的声音。她是冲儿子嚷嚷，肯定是书的事。

面对抽屉里摆放的另一些内衣，丝绸料子的，苏姗娜重又犹豫起来，她伸出手去，马上又缩回来。全都色彩鲜艳，样式不同，在她心里分为两类：一类与"他"有关，总称"一号"，其余的数量少些，则关联亨克。

她抓起一条天蓝色三角裤，第一次幽会时穿过的。无疑是因为"他"说过的令人难忘的话："我爱华丽的女人。"她放下三角裤，又随同其他内裤拿起来，接着气急败坏，重又丢下。在她看来，这一切集中为唯一耀眼的中心，让人难以忍受。几年来，尽管以不同的方式，对她唯一的要求总是同一件事：放弃爱情。而且总是"他们"获胜！她险些吼叫一声："不！"同时像盗贼那样，用手猛一划拉，一扫而光。

身后的房门打开了，只听母亲的声音："我的女儿，快点儿呀！"

苏姗娜急步下楼，心中反复念叨：总是他们获胜。她也曾寻求自保，有气无力地争辩，但犹如拉到屠宰场的羊羔，最终只能俯首就戮。现在，受够啦！她从心底吼道。她白白作了牺牲，一点用也没顶。甚至都没人关注，除了她的头一个男人，即厄运宣布她必须离开的那个人。

苏姗娜感到泪水顺着颧骨往下淌：冰冷，带点咸味，跟所有双手沾满尘土的眼泪一样，不断涌出的泪水。毫无疑问，从今往后，在当地农民重新扣上长裤纽扣的时候，她沿着一条运河，或者在一片灌木丛后面，要抛洒的该是这样的眼泪。

快点儿呀！母亲又催女儿，她手拿一幅肖像画朝卡车走去。以后有大把时间哭呢。

士兵不大熟悉这种任务，搬运家具动作很笨拙。每次震动，高高的镜子就斜放一道反光。自不待言，它们已经目睹过它们旧主人的放逐，多少年来，就等待他们这一时刻的到来。

"当心点儿，士兵！"母亲重复道，声音越来越纤细了。"下面垫一块纸板，就不会摇晃那么厉害啦！"

昏头啦！苏姗娜想道。母亲焦躁不安，围着卡车打转，不愿意丢下她双手紧紧抓住的大幅肖像。正是这一时刻，苏姗娜发现那是导师的肖像。精神病！她又咕哝了一声。

弟弟跟在她身后，抱了一大堆物品。没有地方放了，一名士兵说道。卡车司机和两个监视装运的文职人员不时看手表。几位警察则待在一旁。在另一边行人道上，有一小伙看热闹的人，聚在那里仿佛观赏演出。

好了，你们也上车吧，司机指着卡车说道。给他们腾出点位置，司机又对士兵说道。

弟弟拉开长腿，头一个跨上车。苏姗娜感到浑身打哆嗦。"帮把手，拉老妈妈上车！"一个声音提醒。这妇人眼神惊慌，逐个打量他们，还不愿丢下肖像。儿子跳下车，不免粗暴地从她手中夺下肖像，把她拉进驾驶室。苏姗娜双手捂住眼睛。

汽车发动机有规律的隆隆声响和震动，突然将他们笼罩起来，而一直保持缄默的母女二人，这时都失声痛哭。儿子定睛看着母女俩，仿佛认不出她们了。

二

卡车还行驶在阿尔巴尼亚中部高原，首都的各家咖啡馆里头就已经开始议论这个事件了。

民众感到的冲击，性质似乎很独特。先就有风声，但是不久大家便明白，这不过是一个长系列的最后冲刺。在短暂惊愕之后，大家又有一种遗忘的感觉。这种感觉，乍一开始还比较模糊，云山雾罩，之后不断清晰起来，直到变得非常明显了。眼下表现为迟钝、疲惫、某种麻木的状态，无非是宽慰的体现。"阴谋"一词，在任何别的情况下，势必引起恐怖，而这回即将传为喜报。大家传来传去的时候，终于掂量出，他们始终避而不讲的事实，在整整漫长的冬季，多大程度上把他们折腾得精疲力竭。

看起来真有阴谋，也有人说是一场谋反，而那些没有涉足的人就毫无理由害怕了。

无人不知晓，一次次运动是如何收场的。初起很温和，带有几分宽厚的色调：文化领域的自由思想，外国影响，艺术新潮流……在国家剧院召开大会为开端，以派往地拉那郊区空场的行刑队来收场。

这次既然公开宣布是一次阴谋，那就是接班人企图推翻导师搞的一场政变。这就让人猜想,他拥有铁杆儿的同谋和同伙,还有秘密规则、武器、人员、联络站。接班人曾经多少次嘲笑自杀行为,他不可轻易就自我了断。"阴谋"一词,也就涵盖了一切平息事态的意味。当然了,这是对那些没有搞阴谋诡计的人而言。这就像一刀切:罪犯的阵营和无辜的阵营就泾渭分明了。从前,无论谁,始终感到什么都不把稳。你认为跟雪一样洁白,甚至还未明白是怎么回事,就被指责接受了外国影响。或者你不由自主,就让自由主义风气给传染了。说到风气绝非儿戏,这种可恶的风气,无论在哪里都可能侵袭到你。这回却不同以往,谁也不可能把你当成斗争的对象,譬如攻击你跟老婆做爱的方式不对头——正如通常所说,腐化堕落。可是这事儿,这不也算反对国家的一种阴谋吗?嗳,不算,拜托了,这种无聊话还是留给自己吧。腐化堕落就该称为阴谋诡计,当然不是什么美而又美的事,甚至极其有害。应为一个共产党人、尤其一个干部所不齿,但是,属于恺撒的必须归恺撒;无论如何,这还称不上反国家的阴谋!

  最新消息随同夜幕,一起降落在首都,使得白天的传闻更加可信。傍晚时分,接班人的坟被掘了,接班人的遗骨掺杂着棺木板和泥土,被毫无顾忌地用塑料布打包,运往无人知晓的地方。

从相当一部分居民转述这些事实的方式来看，他们在讲话中显然受到了一种影响……语言僵化的倾向，浓缩了他们的叙述，说来也怪，反倒使他们讲述得更加明晰了。那个移葬接班人遗骨的泥土包裹，大概激活了记忆中古代英雄史诗的片断：须知经过肃清中世纪神秘主义的几次运动，英雄史诗从教科书中部分删除了。

四十八小时之后，在首都十四座大厅，共产党人重又集会，聆听导师的讲话，与此同时，一些被遗忘的场景，随着冬季最后一场风，似乎从阿尔卑斯山脉一起下来了……在黄色山谷，朱特宾（Jutbine）的十四位领主，在他们十四座塔楼高墙内聚会①……

值得注意的是，跟上一次听报告一样，由于请柬的座次又引起震动。同样一台录音机，放在装饰一束鲜花的小桌上。导师的声音，倦怠而近乎漫不经心，却胜过朗声高调，当即散播了一种威胁的感觉。他几乎不再掩饰他不久于人世，时间极其有限，不能耽误在没用的话上。

发生的事情就是一场阴谋。阿尔巴尼亚整个历史上最庞大的，也是最可怖的阴谋。这场阴谋的策划者，接班人，在赞助他的外国人的威胁下，不得不孤注一掷，

---

① 似指阿尔巴尼亚历史的一个事件，无从查起。

做出一个绝望的举动：牺牲他的女儿。这是放弃阶级斗争，改变路线的信号，不可能有别种理解，他就是通过这种方式发出的信号。他将亲生女儿投进阶级敌人的怀抱，以便让天下人了解他的取向。

听了导师这种解释，所有这些人眼神都映现出惊恐。国家历史不乏这样的事例：为了阿尔巴尼亚的利益，有的氏族牺牲了自家的女儿。凯尔曼家族有名的诺拉前往土耳其统帅的军帐，并不是去投怀送抱，而是去索他的命①。然而接班人，他把自己的女儿推到敌人的鹰爪下，却出于相反的理由。

这种婚礼，很可能成为阿尔巴尼亚的葬礼。

放完最后这句话，会场重又寂静下来，录音机有规律的嗡嗡转动声，衬得会场的寂静更加深沉，以致一时间，与会者就觉得他们几乎清晰地听见，各种思想在头脑里相互撞击。他们钉在自己的座位上，直到有个人迈着僵硬的小步，走过去关了录音机。

---

① 诺拉是阿尔巴尼亚历史上的侠烈女子，类似《圣经》外典《犹滴传》中的犹滴。犹太侠烈女犹滴；以美色迷惑敌将，从而杀死敌将，拯救同胞免遭政治上和军事上的惨败。历史上，阿尔巴尼亚屡遭土耳其的侵扰，诺拉姑娘正是以犹滴为榜样；深入敌帐，计杀敌酋，救同胞于水火之中。

三

一周之后，首都十四个会场重又坐满了人。还像上次那样，寄出了同样数量的请柬，但是许多人感到，这次会场爆棚了。座椅之间插进来幽灵，无疑是录音机播放给人的印象。会场上相继播放了预审过程中，接班人的妻子、儿子和女儿的供词。妻子的指控最重。儿子与母亲相反，强调事实，说他并不了解父亲的行为，除了到罗马的一次旅行中，父亲要他投寄了一封信，当时引起他的好奇心，而且一直让他困惑不解。女儿则一味讲她取消的婚约。她言语含混不清，讲述常被抽泣所打断，以致给人这样的印象：她不是谈一桩婚约，而是两桩婚约的经历，毁了一桩和另一桩，都与她父亲的职位相关联。

法官的一席讲话，旨在澄清头一段经历，结果适得其反，让人堕入更浓的雾中。不，父亲并没有鼓励她；恰恰相反，他反对女儿的初恋，认为这种恋情同样会妨碍他的前程。这回却要从另一方面看待问题了。

"根据我们掌握的情况，这个男子，你的心头一个人选，出身于共产党人的家庭，是国家电视台的记者，对不对？" "不错。" 姑娘表示同意。法官继续说道：

"换言之,这个青年属于社会主义,这理由就足够了,你父亲断不能容他进入你的家庭。"

姑娘的呼吸急促了,说话前言不搭后语。法官认为她父亲有意留着女儿,企图结成一桩有害的政治婚姻,对法官一再提出的这个问题,女儿在抽泣中间回答:"我不知道!"

女儿接着讲述,她怎么哀求,流多少眼泪,都动摇不了父亲的决心,她的头一次婚恋被粗暴地拆散,第二次婚姻也操之过急。正如人们终于逐渐明白的,早就包藏了祸心。

多么卑鄙啊!老同志离开会议厅时,嘴里咕哝道。他呀,将自己亲生女儿拱手相让,就像把一只羊送到屠宰场,稍微想一想,他能把阿尔巴尼亚带向何方!这真是国家的万幸,除掉了这样一个接班人。

最年长者中有些人这样叨咕,同时希望在世的时候,导师最终指定一个无愧于这个称号的接班人。更多的人则不免怀疑,能否找出这样一个人,有资格如此接近导师。最好先指定一个过渡接班人,一种前接班人,如果可以使用这样头衔的话。

既然如此,另一个接口说,谁不知道,这个空位的唯一候选人,就是阿德里安·哈索伯。其他人都点头称是:当然了。长期以来,不是把他看成接班人的一个沉默对手吗？有人甚至曾经猜想……

他们渐行渐近自己的家门，脸上的表情随之放松，亲人望见他们回来也都长舒了一口气。这工夫，打扫会场的清洁女工，将门窗全打开通风，她们深感意外，闻到一股飘散在会场的特殊气味。不是脚臭，也不是羊毛和发酸的奶味——即遇到那些优秀的羊倌时，未加工的羊毛所散发的气味。这是另一种味道，近来日益弥漫：人体恐惧所发出的气味。

四

阿德里安·哈索伯意识到，他的名字从今往后，要挂在所有人的嘴上了。要照从前，有这样的声望，他会睡不着觉。现在则相反，他心里很坦然。

整个事态的翻转，只是很短的时间，疾如闪电：这年春天，对阿德里安·哈索伯来说异常晦暗，导师一直闪烁其词，终于揭露了接班人的叛变。

有生以来，阿德里安·哈索伯从未感到如此轻松。四肢放松了，想到他的肺、血脉、太阳穴里发生的变化，他明白了相当一段时间以来，似乎死去的一部分肌体，其实仅仅在休眠，现在仿佛浮出一片平静的雾，又恢复活力了。

一部分亲人聚在他的家里，近乎庄严的肃静笼罩着他们。他们谁也不讲话，但是以同样动情的目光，凝视着他那张消瘦的脸庞。只有他最年长的叔父紧紧拥抱他，随即失声痛哭了。

午饭后，他对他们说："我去休息一会儿。"同样深情的目光伴随他，同时喃喃念叨：休息吧我的心肝休息吧。

他在卧室倾听一会儿他们的议论，声音间隔减弱，想必因他离开而活跃起来。他任由她轻轻摇着，渐渐入睡，如此惬意的睡眠前所未有。

他醒来，立刻意识到他们还在那里。毫无疑问，他们比他还要欢快；同样，在三月份，门可罗雀的时候，也许他们比他更为忧伤。别人疏远他，他丝毫也没有萌生怨恨之意。他甚至还明确叮嘱过他们：你们不要来这儿了，等到这事件水落石出之后吧。

然而，迟迟不予澄清。接班人死后的次日，就出现许多复杂的情况。最先盘问他的是他妻子："这些传言怎么冲你来的？"

他没有回答。沉默良久，妻子又问道："即便假设他的确去过那里……去见了'那一位'……监控午夜时分……这些情况，为什么非得外传呢？是谁发现的？说到底，为什么不断然制止流言蜚语呢？"

他举目望天，嘴角泛起一丝苦笑。妻子却不容他回答，接着说道："我知道你要说什么：谣言无法制止，可你跟我一样，心里一清二楚，事实并非如此！"

这话不错，他心里清楚。然而说来也怪，以诽谤为特点的这个第一阶段，对他倒无关痛痒。归根结底，他毕竟战胜了他的阴险对头。即使有人怀疑他过早地清除敌手，这也只能表明他热忱过头。无人不知在这类事件上，过度热忱在招致责备的同时，也能引来几句敬重。正是由于这种怀疑，他在别人眼里的形象便突然高大起来。也多亏了他本人，他晋升高位，在所有人看来，突然显得顺理成章了。甚至他将被指定接替接班人位置的传闻，也同属于这种现象。

整个事态，三月份随着尸检的消息，开始逆转了。差不多到处传播闲言碎语的推断给他造成的痛苦，要胜过切割死者遗体的手术刀和钳子。是否做了尸体剖检，还是值得怀疑。尸检的结论，能把这个事件完全打乱了。接班人借烈士的尸体突然还魂，就很可能把他的对手推下深渊。

阿德里安·哈索伯睡觉起床，总是被同样的问题压得喘不过气来：为什么没人出面为他辩护呢？为什么导师不这样做呢？

导师的眼睛佯装认不出他来了。完全失明的先兆，看来对他极为有利。加快他同导师最后那次会面，阿德里安·哈索伯怎么也找不出他有什么差错。

……十二月十三日晚半晌，政治局会议开起来没完。接班人回答问题越来越简短。有时他还拖延，就好像等待一种听不见的翻译讲完。他低垂着眼睛，一直盯着他的自我批评稿，不时补充解释几句。

猛然间，导师从黑外套兜里掏出挂表。看了半天，坐在身边的秘书便悄声对他说了什么，想必告诉表盘指的时刻。

会场都纹丝不动，等待着。

"我想时间晚了。"导师发话了，他的眼睛瞄向接班人所在的位置。"我提议，我们将你的自我批评改到明天……"

在一片越来越深沉的肃静中，数年前参加过同样的会议的人，恐怕大都回想起，几乎在同一时刻，他就讲过同样这句话："时间晚了，哲比拉同志，你的自我批评，我提议我们改到明天。"卡诺·哲比拉脸色惨白，一点肌肉也没有抖动，看上去就像死人面具。本待次日早晨，他自杀之后给他戴上，那张脸却已经僵化成形了。

"那好，明天见。"导师又说道，眼睛一直朝着他以为接班人所在的方位。开了漫长的一天会，他的声音显得疲惫，几乎和缓下来。"你回去吧，夜晚好好休息一下，争取明天有个好状态发言。同样，大家都睡个好觉。"

接班人的那张脸，展现了同样熟悉的惨白色。阿德里安·哈索伯感到整个身体放松了，就好像导师嘱咐大家睡个好觉，首先在他身上起了作用。一种蒙眬的感觉：又会再次发生，通过一天夜晚……一个调停的夜晚……对，如同上次那样……通过一种只听命于这个盲人的反常的日程，招之即来的日程……这种念头一生，就提前使他的肢体绵软放松了。

他正是处于这种状态，带着五分惶恐回到家中，正准备上床歇息，忽然来了电话，导师在办公室等他。他的眼神慌乱了，说话更是语无伦次。导师对他说："我好像有种不祥的感觉，今天夜晚可能要出事。"因此，导师呼唤他："我只信得过你。"要求他做什么并不很明确。阿德里安·哈索伯越是集中心思，越是回想不起来了。要他去另一个人那里。"尽量了解那里发生的情况……惟独你可以这么做。"

从他那咖啡色的昏暗眸子里，得不到任何帮助，只有失明的无法探测的不透明。哈索伯觉得有两次，导师要交给他什么东西，也许是地下通道的钥匙，假如确实有的话。可是，什么交待也没有。既没有给钥匙，也没有进一步解释。他继续重复同样的话："也只有你，我才信得过。"还有别的话，他也已经听腻了。他必须徒步去那里，将近午夜；如果卫兵认出他来，也不必担心，他是部长，半夜视察岗哨也是正常的……且不说其余的……然后，他还得回来……他，导师，会焦急地等着他……

阿德里安·哈索伯一次也未敢打断导师的话，只是惟命是从。"现在，去吧！"他便离去。他在家中等待午夜临近，然后，他穿上黑色雨衣，又从侧门出去，独自走进雨夜，投入时而被雷电劈开的黑暗中。这是特殊一夜，一种过渡之夜，绝无仅有，在别处不存在，他朝前走去，恍若在噩梦中。

他远远分辨出接班人卧室的窗户，别墅正面唯一亮灯的窗户。他拉下了雨帽，卫兵都认出他来。他仿佛极度兴奋，围着这座住宅转悠，察看每一扇门，就好像他还期望有一扇门打开……

过了一阵，他又去了导师的办公室。导师的确在办公室等着他，甚至还向前迎了几步。

"你做完啦?"导师问道，并不掩饰他的急切心情。

阿德里安·哈索伯点了点头。

导师注视他的双手，似乎寻找手上的血迹。那眼神特别凝注，看得哈索伯真想把手藏起来。

所有门都从里面上了锁。

这句话,他不能绝对肯定讲过。对方则说道:"现在,我可以放心睡觉了。"

走在小径上,急雨越发倾泻如注。阿德里安·哈索伯自以为走上回家的路,而双脚却把他带往别处。又远远望见接班人的窗户,他这才明白过来,于是,他从雨衣兜里掏出手枪,安装上消音器。

一大清早,家里的四部电话响个不停。他赶到接班人的住宅时,总检察长已经先他而至。"谁移动了尸体?"这话横在他的喉头,而他的目光遇见新寡因失眠而肿胀的惊恐的眼神。"我是说,有人移动了尸体吧?"

他绞尽脑汁想象每个细节,以致从此以后,冷却的尸体仿佛成为他熟悉的景象了。

在一小时之后开始的政治局会议上,他徒然努力,却碰不到导师的目光。他究竟怎么想的呢?那一天里尤其是后来,在难熬的尸检那漫长一周里,这个问题无休止地冲击他。他们最后那次谈话,十二月十三日将近午夜的谈话,此后对他而言,似乎成为一种幻觉了,时而觉得毫无意义,时而又觉得意义过大。大概到此联系就中断了。他一离开导师,非但没有回家,双腿不由自主地又走向接班人的住宅,他实实在在地感到,有什么应当纠正的地方。毫无疑问,这样一来,一切便纠缠不清了。

也许导师跟地拉那半数居民一样,也认为他是凶手。或者导师怀疑他有此意图,但是没有痛下杀手,而另一个人动作更快呢?还是接班人抢在他们两个前面,自己动手了断了呢?

"那一位"是怎么估量的,哪怕能了解一半,付出多少代价他也不肯啊!那些推测,不时像一群受惊的小嘴乌鸦,转瞬间四处飞散,在它们原来栖落的空场中间,孤零零只丢下一只:惟独他了解所有这些事情,难道不应该把他清除掉吗?这是他萌生的头一种假设,好似纯矿石一般简单,但是正因其简单,阿德里安·哈索伯不难放弃,这过于平常,尤其太为人熟知,不可能还留在导师的智囊里。

不!他不顾疲惫,还在鼓气,自己也不大清楚是对谁说话。也许导师猜想他下了手,尤其有人报告了他第二次去了接班人的住宅。即或,没有亲手杀害,也可能猜测他催促接班人自杀……去那里力图逼他走上绝路……根本就没有去……线团全部解开了,可是这样一团乱线,真假难辨,连他本人都理不清了。

有好几回,他几乎要提笔给"他"写信。他准备承担所有可能的和想象得出的罪行:杀人,诱使自杀,等等。只要这样能对事业有利。信写了头几行,刚刚有些宽慰，随即又沮丧了。他不免泄气地想道，他不善于理解"他"的示意。事实上，"他"一贯吝于示意，就像在卡诺·哲比拉的案件中，每迁葬一次，就撂倒最新的获胜者，直到下一次迁葬，再把新上来的一批打下去。

近年来，不理解的墙壁加厚了。在"他"的身上，因视力的减退而增添别的感知，大家再也抓不准了。由于这样雾里看花，谁也不知道什么有把握了。

阿德里安·哈索伯尽管意识清醒，一旦沮丧起来，真想把话吼出来：十二月十三日那天夜晚，"他"为什么派他去那里呢？必要的时候，就让他担当杀人凶手的角色吗？有时候他就觉得，不可能有别种可能性。接班人之死戴着两副面具，必须选择一副。他妻子就对他说过："你若是没有干这件事，就毫无理由安在你自己头上。"他沉默良久，但经不住她一再追问，便回答道："无论你还是别人，都丝毫不可能理解。"

这种不理解，涉及到他最近的一个发现。在导师的头脑里，最神圣不可侵犯的就是怀疑。那些怀疑犹如一群狗，主人孤寂时候喜欢与狗群嬉戏，想要贸然靠近的人可得当心！

他妻子双手捧住脑袋，而他心情几乎轻松了，还尽量给她解释：这是因为，根据他的领会，导师并不期待任何澄清，而他本人，也绝不进行半句解释。他执意用这种方式让导师了解，他准备接受自己的命运，换言之，这命运正是他本人所情所愿。如果你需要宣布我有罪，主啊，那就宣布吧！如果是别种情况，那也任凭你选择。

亲人叽叽咕咕的声音，从客厅传到他耳畔，比任何时候都更令人心安。游离出来的碎裂的声响、减弱了的喀嚓一声，这会儿奇怪得很，非但没有惹他恼火，反而唤起他遥远的思乡情结。

他又起床，推开客厅门一看，立即明白是何缘故。在走廊另一端的厨房里他的三姊妹，由服务人员当下手，正在摊千层酥饼。一位客人冲他说道："表哥啊，你好像很惊讶。后天是你的生日，你就忘了吗？"

他的一个妹妹，小臂还和着面粉，过来拥抱他："你休息好了吗，我的心肝？我们正在做一种*巴克拉瓦*①三角糕，你还从来没有尝过呢。"

他还睡意惺忪，观赏着一层一层叠起来的千层饼，如同往昔，村里大户人家监控举办婚礼。他着实忘记了自己的生日，在这险恶的季节，也同样忘掉许多别的

---

① 原文为土耳其语，这种三角糕点添加了核桃、蜂蜜、黄油制作而成。

事。

他要了一杯水，接着又转向千层饼，就好像没有看够似的。

五

阿德里安·哈索伯的诞辰，可以说标志着他成功的顶点。可是这一天的几个小时，就足以将他击垮。

难以觉察的初次骚动不安，细微如扇动一下翅膀，是在十一点钟左右感觉到的。几乎所有政府官员、大部分政治局委员，都到场祝寿。大家等待导师随时莅临。通常，这也是他参加这类活动的时间。客人的微妙变化就表明这一点：他们都朝客厅的角落退去，谈话的声音压低了，他们的目光仿佛不由自主，最终都不可避免地投向门口。就连酒瓶和酒杯，也似乎突然大放光彩。阿德里安·哈索伯以超常的控制力，不去看时间。然而，时间到处显现。客人那一张张脸，如果此刻令人联想到世间什么的话，那铁定就是钟表盘了！

你们因为我，这样自寻烦恼吗？他心中不无苦涩地想道。随即他又醒悟，自己多么不公正。到这来的都是他的人，他若是倒台，会连累所有人跟着倒霉。

快到中午了，客人们窃窃私语变得听不清，只好猜测了。

他仿佛僵化在那里,不过尚能考虑,还有时间可以收到一封信或一封电报。导师不见得总要亲自到场。这种情况已经有过。他想不起来是什么场合了,但是确定无疑,尤其近来一段时间,"他"的健康状况不佳。

入席的时刻,意外地活跃了一阵。大家都应酬着祝酒,他还能够保持常态。直到最后,品尝巴克拉瓦糕时,糕点却噎在嗓子眼儿下不去,于是他才隐约想起他妹妹说的话:像这样一种巴克拉瓦糕……这样的巴克拉瓦糕……这个念头,他怎么也挥之不去。像这样一种巴克拉瓦糕,他的确还从来没有吃过,无论他还是他的亲人,谁都还没有这种口福。

喝过咖啡,客人还迟迟不走,他就盼着人去室空,真想大吼一声:你们不走还等什么,还看不出来你们成了多余的人吗?

一种盲目怨恨的套索形成了一个死结,强忍住这样的喊叫:你们待在这里,就是要更好地看我垮台吗?同时还有一个侥幸的念头:"他"也许等他们全走了才会露面。心中的喊叫和这种念头纠结起来,正在缠住他的大脑。

过了这阵气急败坏的情绪,他重又感到进入迟钝状态,他在沮丧中,猛然瞧见这个念头突起,赤裸裸而不可抗拒：导师不仅不会来，而且不会发来贺信，也不会发来贺电。甚至连简单的电话也不会打来一个。

他觉得确认这一点实在残忍，然而一小时过后，暮色的第一批阴影在花园扩散，这时他认为，导师缺席非但不令人惊讶，而现在希望看到"他"露面，反倒是荒唐的了。甚至可以说，不仅盼望他来，就连盼望贺信、贺电，乃至一个电话，也无异于初中生的梦想。他感到不久，绝望的斜坡就会陡降，还不来人抓他倒会让他诧异了。

稍微停歇片刻，客人又蜂拥而至。如同前几次：送来糕点和酒，以及鲜花。长长的列队，所能想象的荒谬绝伦的景象。他们就感觉不出再也没有什么可干的了吗？没什么可干的了，也许只能送送鲜花，的确，惟独鲜花，既可用来贺喜，也可用来吊丧。

他们到来，更让人受不了的是他们的祝愿方式。他未能分辨出他们说什么，有两次问了一声："什么？""步步高升！"他们重复道。

"你尽量显得喜庆点儿。"他妻子过来装作拉窗帘，悄声对他说道。

他扭头望望对着花园的落地窗，太阳落得很快。这么晚"他"还没有出门，这是多少年没有过的情况。

他在走廊里又遇到妻子，她对他说道："听着，我始终未弄明白，你为什么……第二次……又去那里。"

他注视她良久。看起来，她虽然一脸和气，也同样一门心思想这事。

"我为什么又去啦？"他有气无力地回答："如果我对你说我根本不知道，你也不会相信。"

他妻子一副愁眉苦脸，摇头说道：你浑身全是秘密，还怎么受得了呢？一辈子，就跟秘密过日子！

他摇头否认："我的老婆，我对你没有秘密。"

他的声音，起初很微弱，几乎听不见，突然撕破嗓门儿，怒吼起来，已非人声了："你真的非要知道，我当时干了什么吗？什么也没干！明白吗？所有门都反锁上了。"

"你冷静点儿！"妻子叮嘱他。

他呼呼喘着粗气。

"你在住宅外面转悠，还是等待什么事儿吧？"妻子又低声问道。

"我自己也不知道，当然等待什么事了……也许会从里面发出信号吧？或者类似的情况吧？……也许，本来就是这么安排的……我必须到那儿等信号……也许我弄错了……"

"等谁的信号？"

"什么都不是很清楚……等某个人，他却受阻了……至少这是我的感觉……可是信号,什么时候也没有见到……"

"这太可怕啦!"妻子哀叹。等待一个信号,却什么也不知道……既不了解怎么发出,也不了解所为何事……

"我倒霉就倒霉在这上面。我不善于领会……那天夜晚,'他'对我说的话十分模糊。等我再去复命时,'他'随后对我申明的,就更加隐晦了。就好像'他'在头一觉时就去过了……"

"这真是不幸到了极点!"妻子脱口说了一句。"'他'就是在睡觉的时候,也把你攥在手心里。而你们这些人,都完全醒着,却什么也看不见!"

他很想反驳说,这恐怕就是他的秘密:随意支配他们,这情况从他第一觉就开始了。

"你去客人中间转一转。"妻子又说道,"我们单独谈得太久了。"

"他们还在这儿吗?求求你了,你替我把他们打发走吧!告诉他们说,生日过完了。随你编点什么话,只要人都走了,终于能关门闭户就好!"

六

二百步开外,导师在近来当作办公室的大房间里,扭头望向宽大的玻璃窗,听着秘书向他汇报,挨着他住宅背后的花园里生日宴会的情况。

落日的余晖似乎也远离了园中的几棵树木,夜色很快就要弥漫开来。再过一小会儿,枯叶从树上飘落就看不见了。

他问秘书是否是阴天,接着,他要马上知道,哈索伯的住宅里,宴会是否还在继续。

秘书向他提供这两点的情况:天上有几片乌云,酒宴刚刚结束。

这回他总该领悟了,他心想。他得用足足一周的时间,才可能缓过神来。

经过短暂的间歇,他那寒气逼人的怨恨又卷土重来,简直难以抵挡。

我几乎给了你一年时间,他在头脑里质问他。他满嘴怨愤。他万万没有料到,他会拖这么久。

他出生的城市有一支老歌,现在越来越频繁地回想起来:

你谎话连天

总将我欺骗

曾向我许诺

就这个秋天……

哈索伯令他大失所望,就连树叶,虽说只是树叶,还知道什么时候脱离这个世界,可是他却装作不明白。现在他要熬上漫长的一周,来补赎他的谬误。

别逼我把你扔给黑母狼!他心中暗道。

晚饭之前,他不愿意搅坏了情绪,就尽量想想别的事。

"我觉得,现在天黑了。"他冲秘书抛出这句话。

"天完全黑了。"秘书回答。他们花园里点亮了路灯。

第五章 导 师

一

他感觉这一周就不往前走。星期五，中央委员会举行全会的日子，还远着呢。星期二的整个上午，他听驻各国大使的电报，以及首都不幸事件的综述。一名十七岁少女，在对面街区自杀。有关哈索伯倒台的传闻还寥寥无几。各国新闻社中，只有一家提到了，而且特意删掉姓名，结果难以辨认讲的是他。那姑娘因感情的事寻了短见。一名穿戴讲究的青年，在那姑娘家门前十字路口修自行车，将她甩了。哈斯贝格①……他咕哝着，以变音来重复内务部长的名字。今后你就用一个德国人姓

---

① 哈斯贝格（Haseberg）为哈索伯（Hasobeu）的变音，部分打乱原字母排序并稍加改变而成，以表示轻蔑和嘲弄。

名来嘲弄我们吧!

哈索伯又被一片寂寞包围了,而这期间,有关接班人之死的各种猜想重又浮出水面,无疑是应和反响:整个巴尔干半岛可能不稳定了。大西洋联盟要扩展到欧洲这个半岛。石油。自杀还是他杀?真正的缘由。谁开的枪……

总是老调重弹,他独自咕哝着。

秘书等他喃喃自语中止,才继续念道:"地下通道。十二月十三日夜间,在地下通道可能发生的情况……"

听到最后这种方法,他开始冷笑。说得真好!接着,他要秘书再给他念一遍。据评论员称,有人讲述在夜间,正是在那条地下通道,导师和接班人最后一次会面,当时接班人拔出手枪,但是导师的贴身卫士动作更快。

秘书等"那一位"笑声渐止,才继续念道:"接班人被拉到地下室,从而有了所说的那种情景:受害者毫无活力的躯体,如蜡人一般,由两条汉子架上楼。"

"等一等!"导师说道,"这段再给我念一遍……"

秘书这回放慢速度,又念了一遍,可是念完之后,"那一位"再次要求念给他听听。在念的过程中,他自言自语重复文中的话:从而有了所说的情景……换言之,所预言的情景……

"这就像《圣经》的写法。"他若有所思,喃喃说道,"如果我没记错的话,有些事件,就是以这种方式陈述的。"

每次他提起自己阅读的书,秘书都像这样,景仰地看着他。秘书重又埋头念材料,可是"那一位"却打断他:"等一等,不要这么快!"

秘书一时没有反应过来,导师要他做什么。原来有一篇难懂的文章,几天前给他念过:分析员在文中谈到在地拉那发生的神秘死亡之后,力图详尽分析一个独裁者大脑的运转。

秘书平静地又把材料抽出来。这个位置他占据了四十年,同时也掌握了其余的一切,他最终丧失了任何畏惧感。

他终于拿到的文章相当简短。据评论员称,一个暴君大脑的运转,往往符合所谓"惶恐的建筑学"。同梦幻一样,这种建筑学是从终点开始搭建起来的。继而,一忽儿,有时就是一秒钟,甚至更短些,整个其余部分就臻于完成。为了说明他的思想,评论员举出在原地废墟造起的一座高楼形象。废墟的一切:墙壁、内部隔板、房顶、壁炉,甚至家具,在迅速清除之前,都一古脑儿地补充进来,至于判决,主宰的头脑遵循同样的程序:首先圈定谁该死,其余的事随后再补全。

你们自己就是这样干的,他想道。

怨恨的情绪冲上来,促使他呼吸加快。对,从《圣经》开始,他们本身就完成了这类事情,现在却叫嚷是他的发明!

他背后传来妻子的脚步声。

"哈索伯写来一封信。"妻子靠向他的肩头说道。

"啊?那就瞧瞧,冯·哈斯贝格①的……大脑如何运转的吧!"

在他听来,这封信又臭又长,十分阴险。哈索伯抱怨还在继续冷淡他,而事情都已经水落石出了。只要人们还推测,接班人是被另一只手杀害的,可能是位烈士,那么对他哈索伯的怀疑,就是完全可以理解的。然而现在,已经确认是他亲手结束了自己的性命,怎么还这样猜疑,似乎总瞄准他呢?

伪君子!他从心底迸发出来。你真以为玩这种手段,就能把我蒙蔽吗?

他的喘息又加速了。哈索伯还玩起天真,企图逃避他亲手掘出的坟坑。他表述事情再简单不过:接班人是烈士,被杀害?你们有理由怀疑我。反之,接班人若是叛徒,自杀呢?我就不明白你们指责他哈索伯什么呀!

---

① "冯"是德国贵族姓氏的标志,如同法语中的"德"。

写吧！他吩咐秘书。哈索伯删除第三种解释，那可能是解释得通的。烈士还是叛徒，他杀还是自杀，无论哪种情况，哈索伯都脱不了干系。那一夜，他在接班人住宅周围转悠。他是不是图谋杀害他，本来想要敦促他自杀，可是已经徒劳，他有没有将凶手引进住宅内？这些假设，也不比别的假设多什么。丝毫也改变不了事情的实质。搞阴谋的人一个典型事例，一嗅到危险，他们就急不可待，赶紧清理他们头脑的想法。已经为人熟知了。

一直为人熟知，他咕哝着，同样知道如何收场。

"写吧，"他又对秘书说道，"你以我的名义，给他写一张便条：他了解的所有这些事，让他到后天举行的中央全会上去陈述。让他到会上和盘托出！"

发出这样的邀请时：你就和盘托出吧，哈索伯！让大家见识见识，你那些秘密能吓着谁！他立刻想象出——全场就会死一般寂静！

了解自己周围的所有秘密，固然是一种福气；不过一无所知，倒接近崇高了，直到近来他才领悟这一点。从而心中极大地释然了。自不待言，失明引他走上这种恬静之路。

他始终不知道十二月十三日夜间，接班人家里究竟发生了什么事。既然连他本人都不清楚，那么再过一千年,也恐怕无人了解真相了。

现在,所有人都围绕着他打转,仿佛是另一类人,用他们虚弱的声音叫喊,极力以手势和眼神向他解释。据他们看发生了什么情况。然而,他们声嘶力竭想要说明的事,支离破碎而零乱无序,这种块状碎片化,就好像他们每人是通过苍蝇眼睛所捕捉到的景象。

排除死者,似乎还有两个人参与了这个案件。然而,永远也不会有人了解,他们以什么方式踏进了浑水,又受到什么刺激,压力,乃至威胁,重又陷入沉默呢。惟独一个人发出了声音,哈索伯的声音,半喊叫半呻吟:门都从里面上了锁。

还是内务部长呢,却不知道重大的谋杀案,房门总是从里面锁住的!

他似乎听见起风了,便问花园里的情况。他的记忆如果信得过的话,古代悲剧只讲这一件事:想方设法从氏族根除罪恶。至于相反的情况,如何让罪恶潜入门庭,他就不记得什么时候听人讲过了。

刚才,也许是那窝鹳离开巢了,秘书告诉他园中情况。从它们骚乱的劲头就能猜测出来。

他欲言又止,身后响起了妻子的脚步声。

"你是来告诉我,又接到一封信吗?"他没有回头,声调诙谐地问道。

"一点不错。"妻子回答。

在说出"真不可思议!"之前,他用指尖摆弄信封。信是接班人的遗孀写来的。

现在只差死者的信了!他想道。

信封掂着挺重,他不免心中暗道,一位孀妇这样做也是正常的。她写些什么呢?他心里揣摩。你给我们报来什么消息呢,克利坦斯特尔同志?……

烧了吧!他妻子声调平和地说道。

在寂静中,他听见熟悉的划火柴的摩擦声,瞧见火苗燃起来,继而熄灭。

信化为灰烬的细微噼啪声响还延续了好一会儿。

他等着妻子将纸灰拿走,才对秘书说道:我不愿意她写信来了。连想她都不要想了。

在那座住宅里发生的事情,他什么也不想知道了。他们何以那么过激,又改变主意,他们是否放慢了速度,在浓雾中呼喊。他们把一切都随身带走好啦!

秘书的气息加快,向他表明又要告诉他什么事。也许是关于鹳的巢。他没来由,又想起名叫哈克希的一个黝黑的希腊人,以及追着他喊的街区孩子:哈克希,鹳鸟哈克希你离开这里去圣地?

近来,每天这个时刻,他的头脑有点昏昏沉沉。

二

中央全会十六点钟准时开会,第一次会议还未结束,外面夜幕降临了。导师臂肘撑在桌子上,感到全场松懈下来。他能想象出,与会者现在一定在交换询问的眼神。他们本来料定,这次会议要有悲剧发生,恐怕直到天明,他们只是断断续续地合了合眼睛;然而在他们面前,一个事项接着一个事项,都那么乏味极了。能源部门的一项增加财政预算案,推迟完成经济计划。会前特别担心的人,心里一定会很高兴!他们暗自庆幸:但愿这样持续下去,咱们就泡在水利发电站、棉田、妇女解放的问题上……然而其他人,等不及就想鞭挞,脸色渐渐阴沉下来。重大秘密,令人起鸡皮疙瘩的秘密,大概只有拿到政治局会上研究了。而苦役:预算、经济计划……就留给他们。

阿德里安·哈索伯到会了。他面如土灰,脑袋低垂,在第四排入座,左右邻座都空着。这些细节,是由新指定的接班人悄声告诉导师的。新接班人头一回坐在导师右侧亮相。

他不再关注与会的人了,但是间歇之后,等所有人回到自己的座位,新接班人又告诉他,哈索伯周围不只是四个座位,而是空出六个座位了,他对哈索伯的不满情绪,黑沉沉如一切宿怨,消失了片刻又活跃起来,让他觉得受不了。

这条狗!他恨恨地自言自语。

他就像一个染上瘟疫的人,孤零零坐在那里,然而,他始终不愿意开窍!

全会进行到议程审查的第二部分,首都党委第一书记发言之后,哈索伯请求发言。他每次走近话筒,放出的声音都显得细弱。导师那双无神的眼睛一动不动,始终凝视着他。直到发言者提起大阴谋,他才打断他的讲话:

"我们听过你向我们的阐述。你向我们回顾了你当内务部长的这二十年。你既然提到这个阴谋,我倒要给你提个问题:时至今日,发现的所有阴谋,为什么根子全在党内,而不在你是头儿的国家安全理事会呢?"

他看不见哈索伯,却不难想象他正紧紧抓住讲台,以免瘫倒,接着又抓住麦克风,结果电线好似一条长虫缠住他的周身。

夜间出没的猎狗!他在内心深处呵斥。阴险的蝰蛇!

哈索伯准备回答,可是会议厅里乱哄哄的,压住了他的声音。

把他勒死算啦！导师心里咕哝道。

他没有料到，一想起对他的怨恨还会这么强烈。有时，这股怨恨似乎充塞胸臆，甚至令他窒息。

一个十七岁姑娘自杀了，就因为一个修自行车的人把她甩了。

他也一样，其实你完全明白，我不喜欢你啦！他这样无声地发泄。

哈索伯从去年冬天就应该看出这一点。后来也是一样，近来仍然如此。他等什么呢？导师的冷淡态度，还不足以让他自行消失吗？难道一个修理自行车的，影响力比"他"还大吗？

会议厅有人喊了一嗓子。哈索伯，别再拐弯抹角啦！

勒死他！他又咕哝道，同时一摆手，一下子煞住会场的喧闹。

你要逼我抛出你的克星……他心里暗道。

他这种思维方式颇为异常，似乎以克星这一名称指认这房间的黑夜，即能嵌入同一全会两次会议之间的夜晚。

这个嵌入的黑夜，正是他的发明，密不透风而令人窒息，刚一临近所有人都有感觉，可是谁也不敢指出来。

他一挥手，全场便恢复肃静，现在他在拉他的怀表链。

三十年前，他就已经抓住这条冰冷的表链，当时没有意识到他正在引爆的恐怖。"同志们，既然时间晚了……"

年复一年，会场的沉默越来越深沉了。

甚至话音未落，他就熟悉地感到全场失神之态：一阵悚栗传遍大厅，然后朝他回落。他还要等待片刻，直到这种感觉侵入他周身。无休止的松弛，结束那种快感，真是无与伦比。也许只有在另一种天空下，遥远的长眠区域可与之媲美。

他无需利喙的雄鹰，也不用震响的霹雳。这一夜就会将他们两个吞没。

攻击吧，攻击吧！他温存地想道，当即起身要离开会场。

三

他睡觉心神不宁。头一次，仅仅半醒来，恍惚受到什么不可能存在的东西压迫。他本想以某种方式酬报哈索伯，可是绝对想不出能做什么。他的躯体冰冷，而他的太阳穴受的枪伤，不像真的伤疤，仿佛是画上去的。

第二次，天亮之前不久，他似乎按照旧习俗，在清真寺尖塔门洞下给自己洗身子，他猛然心生一问：就不能找个别人，替我完成这种活儿吗？一个观察他的茨冈女人对他说：你别不高兴，在你家中，祖祖辈辈都是这么做的。他想要反驳：这是流亡分子报纸上的诽谤！——然而却说不出话来。

到了早晨，他想起那些梦魇的片断，情绪又晦暗了。他母亲若是还在世，肯定又嚷起来：自从你禁止信仰伊斯兰教，这类噩梦就会不断袭扰你！

他妻子还像往常那样，在早餐桌上等着他。他们的目光一交汇，他就知道哈索伯那里什么也没有发生。

蜂蛇！他心中暗道。骗过的小山羊！

他呆呆着咖啡，感到胸膛空落落的，同时又越来越强烈地感到，有的事终究受到了牵连。

"真没料到，他会来这一手。"他说道。

昨天满心的喜悦，已经让位给一种隐隐的不安。

他妻子看了看自己的手表。

他摇了摇头。做过的事情，就不能复原。等着吧，要你学会认识我，他独自咕哝道，随即离开餐桌。

一小时之后，他步入全会的会场，确信还没有哪个比哈索伯还阴险，敢对他背信弃义，这个家伙在所有人面前表示他的轻蔑。你们期待我在两次会议之间的夜晚自杀吗？期望我沿袭由卡诺·哲比拉、奥梅尔·舍南，以及接班人确立的惯例吗？

此时此刻，哈索伯还像昨天那样，单独坐在那里，面如土灰，但是显然喜形于色。

导师想象在地拉那背面的河畔枪毙他，让他死无葬身之地，可是这样还是不放心。他离开这个世界之前，可能把自己的病症传染给他。过渡之夜，这只黑毛忠勇的野兽，在同他搏斗中可能最终倒下。这应该是它最后的使命了。

也许这是他自己的过错，他疲惫地想道。他不该让它如此疲于奔命。它引起的恐怖，看来只能与它的脆弱相匹敌。

会场一片肃静，向他表明大家等待他讲话。

"哈索伯发言。"他声音低沉地抛出一句。

哈索伯在话筒前没有待多久。由于会场反对声起，导师不加掩饰愤怒打断了他的讲话：

"昨天我们已经说过了，哈索伯，不要拐弯抹角了！这是最后的警告。"

两分钟之后，导师再次打断他的讲话。

"听着，沼泽地的黑鬼！"

他的嗓音发紧，接班人把他的水杯递过去。

他喝了一口水，想要继续讲话，但是情绪异常冲动,嗓音还是不听使唤。

全场都呆若木鸡。导师无论说话还是用语,还从来没有表现出如此震怒。他的眼睛放射出超自然的光芒,正如事后有人讲述的,当场许多人都以为他恢复了视力。他们由急不可待想要欢呼,转入默默的哀叹,继而又恢复了欢快。导师,我们的首领,把您的忧伤告诉我们!他们无声地恳求。告诉我们您所了解的犹大,即使这令您痛心。把您手上的毒药给我们,看着我们中毒后像怪物一般挣扎,相互撕咬和残杀,然后爬到您的脚下,没了气息而慢慢死去。

哈索伯在讲台上,同样呆若木鸡。他瞠目结舌,有一只无形的老虎钳,立刻钳住他张开要说话的口。他俯下身,紧紧抓住讲桌,以便稳住身子。不过,他终于还是挤出一句话:"我不是罪犯!"

他眼睛惶恐,身子跟讲桌形成一体,只听见"叛徒!""吊死他!"的喊声,向他猛烈袭来。紧接着,他看见全场举手通过把他驱逐出党。

他还没有完全回过神来,又听见有人喊:"现在,滚出去!"于是他朝出口走去,却见代表资格委员会负责人挡住他的去路。他弄不明白那负责人对他说什么,打手势指向他左胸口的部位是什么意思。他愣在原地,但心里还是想道,对方的指爪再怎么尖利,也休想空手就掏出他的心脏。这工夫,负责人的手指已经探进他的外衣里,接近心脏,从他的里兜里掏出党证。

宽大的台阶铺着红地毯,踏在上面的不再是他的脚步了。收掉了他的党证,他似乎已经成为半死的人了。

他已经跨下了许多台阶,可是台阶总无休无止,台阶脚下的衣帽间,那么微小而遥远,仿佛是深渊底,而在他看来,那些职员也同样像小矮人。

他终于走进衣帽间,其中一名职员,面孔毫无好斗性,摘下一件大衣,走近前双手给他擎着。他的目光和职员的目光交汇,对视好一会儿。那双眼睛不仅毫无敌意,而且闪现出不少暗示之意。那双手帮他穿大衣的时候,还像从前那样尽心尽意。

他们知道楼上发生的情况?他心中暗问。其实,他本人都不大明白,他这问题意味什么。这个问题同其他问题搅到一起,变得混乱了,这时,职员对着他耳朵悄声说道:"您振作起来,头儿!"

他的双手爱抚着他酸痛的后背,不再掩饰多年的忠诚。

他只需要一瞬间,比闪电还要短促,就明白了导师在楼上,向他的头顶浇下来的这场愤怒的暴风雨,绝非是无缘无故的,然而他,哈索伯,既非情愿,甚至还不明就里,大概多年以来,就已经成为一个阴谋集团的头头了。

他的拥护者再也抵制不住他们的崇拜，准备宣布他为"导师"了。

不！他真想吼起来。尽管党和导师一同把他踩在脚下，他也不会背叛党，也不会背叛导师。

"不！"他高声说道，试图脱掉这件该死的大衣。猛然间，他只有一种欲望了：急步跑上楼，一直冲进会议厅，宣布这条消息：其他谋反分子，我的拥护者，就在楼下，他们正等着你们，拿着沾满污泥和血迹的大衣，企图将你们裹起来！

他又耸了耸肩膀，要干脆避开这种诡诈的目光，不料，那职员立即加强力道，像一把大钳，又将他死死钳住。他那同事，目睹这一场面，当即两步蹿上来，利落地掏出一副手铐。

四

阿德里安·哈索伯倒台了，首都没有什么反应，这种漠然态度胜过了藐视。

居民们一听说"哈索伯倒台了"，就仿佛刚刚睡醒，想起他的命运，跟接班人的命运一样，他们都一直了如指掌。这两位的唯一差异，就是只等待一个季节，接班人就倒下了，而哈索伯的失势始于一年前，甚至更早，不是一年，而是六年，甚而还多，十六年，也许要追溯到二十年前，他走马上任，当了秘密警察司令的时候。他的倒台及其原因显而易见：哈索伯掌握秘密。

他被迅速投进首都监狱，也很快传出消息，哈索伯一入狱，就被割掉了舌头，可见这些秘密一旦透露，哪怕在地牢的墙壁之间吼出来，都该有多么危险。

囚犯被割掉舌头之后，仿佛急于要填充留下来的沉默，产生了一种谣言，这些日子在首都持续蔓延。不过，出乎所有人意料的是，这种谣言很快丢弃哈索伯，又转移到接班人身上，而且完全成为一个大谜团。

大家当时就明白，接班人之谜最终会成为主宰，达到这个不幸者生前从未占据的地位：第一或者如近来所说的"一号"的位置。

他那住宅人去室空，很长一段时间以来沉入黑暗中，让人隐约猜测临大马路的门脸里面的情况。行人，尤其午夜时分，国家剧院散场，那些看完充满笑料和善意的演出离开的观众，都不由得浑身打个寒战，是一种独一无二的恐惧感。大概是其中一人看完一场戏，提出这样的观念：欧洲正是从这里，从这座废弃的房子开始的——由这一观念引起，几小时之后，当天夜晚就被召见，要他解释。开头他还试图东拉西扯，回答说他大致想表明，正是从那里开始的阴谋，换言之，阿尔巴尼亚的灾祸，再换一种说法，阿尔巴尼亚的沉沦。直到受刑的第三天，他才供认他反对社会主义现实主义，也正是受这种鄙视态度的导引，他产生了这种奸诈的观念，因为他一旦掌权，就一定让国家剧院关门大吉，认为接班人的伊丽莎白式住宅，在阿尔巴尼亚是唯一拿得出手的建筑，同欧洲的古堡和巴罗古宫殿有些相似，国家剧院就根本没法比。

不错，那座阴森的建筑越来越引起胡思乱想和狂热情绪，而且五花八门。十二月的那天夜晚，死者、他妻子和哈索伯，在那楼内，曾经不知疲倦转向户外，一个向另一个发信号，就像是表演哑剧，力图弄懂含义，然而在什么事情上，他们似乎没有达成一致呢。也许是闪电晃得灯光暗淡，在外面等待的人没有看见室内的灯光信号，或者相反，室内的人没有接收到户外那人的信号。

地拉那精神病院的一名患者，突然又给这回旋的人影增添第四个人物：那个建筑师。第一次听到这种讲法的医生，虽然对妄想谵语习以为常，还是不免目瞪口呆。这位建筑艺术家，闯进这黑暗的谜局里干什么？——他那双苍白的手，一操起铅笔才活跃起来，赋予图形以生命，那么惟妙惟肖，能骗过任何人！

这就是医生的最初反应,不过,他越思考越觉得,这事也合情合理:这座谜一般的住宅,要有多少道门和假标志,而实现这一切,建筑师奇妙的操作显然是必不可少的。

然而,有关接班人倒台真相,是什么手,自己的手还是他人之手,割断了他的生命线,种种疑问,在这冬初时节,比任何时候都更加飞旋狂舞了。

不难预料,沉寂一段时间的通灵者,重又抛头露面了。最执著的就是那个冰岛人。他再度接触上阴间的那个居民:那阴魂仍然呼噜噜喘息艰难,讲述还像往昔那样模糊不清。他在抱怨缺少什么,也许缺少一部分躯体,但是也可以解释为缺少一部分官能。

因此,透过那个通灵者所称的"雪幕",除了还显现两个女人,但是蒙眬到极点,其余的一切似乎根本不可能自辨了。尤其难以捕捉是什么将接班人同那两个女人捆绑在一起;同样也极难,甚至不可能解释她们和他之间这种混乱关系和这些指责。还像从前那样,这些指责当然类似恳求,但也同样近乎命令或者怒吼。那是索命。但是谁索命?索谁的命呢?

换换境况,分析员们就会像从前那样嗤之以鼻:无非妻子渴望摆脱情妇,或者反之的那些乱事;然而周末已经疲惫不堪,谁也没有心思打哈哈了。两位分析员早已熟识这两种假设：一是大西洋联盟扩展到欧洲的东南部；二是在阿尔巴尼亚海岸，这回是海底，发现了新的石油矿藏——其中一个分析员，带着这种重复工作所引起的倦怠，还补充说根据那个冰岛通灵者的见解，不能排除这样的可能：十二月十三日夜间事件之谜，家中必有人参与其谋。

第六章 建筑师

在这初春时节,首都人人都想要解开当代最神秘死亡之谜,又无不徒劳无益,而就在三月份的这天,我向妻子承认凶手就是我,可怜的女人肯定认为我丧失了理智。

我醒来瞧见,长串眼泪流下她的面颊。然而,无论那天还是后来,甚至到现在,我的名字也没有加入十二月十三日夜晚,围着那该诅咒的住宅转悠的身影,而且不管我妻子还是我,我们再也没有说起这件事。

做爱之前的时刻,似乎还有做不成的可能性,我不时注意到她的眼里射出一小点亮光,闪烁着好奇的光芒,于是等着她发问:那天你是怎么了,讲那种疯话呢?然而,她却沉默无语,恐怕是一问起来,又要激发那种疯话。

一天晚上,我渴望一吐为快,就主动提起,对她说道:"你还记得吧,那天晚半晌,我向你吐露,正是我……对,正是我……那个……"她甚至不容我说完一句话,就用手掌捂住我的嘴。看她那无比痛苦的恳求的表情,我便暗暗发誓,永远不再领受这种诱惑了。

从此以后,我就注定要把一切憋在肚子里:种种疑问、种种推测,她的以及别人的。

有时,我心里还怪她。她当然有权不相信我是凶手。然而,她与我朝夕相处,比任何人都更容易嗅出我的罪恶。因为,只有她知晓接班人让我经受的羞辱,知晓我怒火中烧,突然要向他报仇。

事情发生在他在家请我吃饭的过程中,是在工程启动之际,唯一一次请我吃饭,第一次也是最后一次。我记不清是我还是他儿子,讲了哪个笑话惹恼了一家之主。我们喝高了,酒劲上了头,大概口无遮拦,只能称之为信口雌黄。他那冷峻的目光射向我,同时反驳我说,对我们这样自由主义的大脑来说,合作社的牲口棚往往比拿文凭更有益。

这种话足以打消醉意。如此羞辱,将我浸入极深痛悲中:我,建筑师,在他的屋顶下,就在这座我即将美化的住宅里,他威胁要把我送进合作社牲口棚粪堆里!我回到家中,悲愤化为狂怒。这是前所未有的一种激愤,由偶然寄寓在我体内的各种精灵迸发出来的。

我沿着拉纳河岸走着,只觉得喘不上来气。我的怒火非但没有止熄,反而更加炽烈,变得盲目而危险,已经掺杂了一种报复的渴望。

  我变得连自己都感到陌生了,显然受制于一种突发的疯狂。这种情绪,不可能单纯是在餐桌上受到凌辱的客人的愤怒,而是一种更久远的宿怨,重又浮现在我的脑海。从前一些建筑师的所有怨恨,一齐压迫我的胸膛。大约在金字塔时期就开始的迫害,剁手或挖眼睛,至今已有四千年了。这些呼喊声,从威斯敏斯特①塔楼地牢发出来。可怕的迷宫的设计者,弥诺斯②的吼叫。朝向阿特里德斯③的宫殿哀求,朝向齐奥塞斯库④的宫殿……

  在一个国家,十分古老统治了上千年的习俗被埋葬之后,大家都要求报仇。更有甚者,他们期待我,他们不幸的子孙。但我既不掌握武器,又没有勇气能还给他

---

  ① 英国大伦敦内城的自治市,位于伦敦西区中央,建有著名的威斯敏斯特大教堂、议会大厦、唐宁街、天文馆、宴会厅等。
  ② 希腊神话传说中的克里特王,建造了著名的克里特迷宫,圈过半人半牛怪物弥诺淘洛斯。
  ③ 希腊神话传说中的迈锡王阿特柔斯的儿子们,即指阿伽门农和墨涅拉俄斯。阿伽门农是迈锡尼王,墨涅拉俄斯为斯巴达王,海伦的丈夫。
  ④ 齐奥塞斯库(1918—1989),罗马尼亚社会主义共和国领导人,历任党中央第一书记(1965)、国务委员会主席(1967)、共和国总统(1974)。1989年,他被民众起义推翻并处死。

们正义。

除了丑化翻新的设计，我还能做什么呢？

对这种新的妄想，我头一个感到惊讶……

一座丑陋不堪的住宅……一想到这种褊狭的报复，我就忍不住大笑，可是紧接着，我又要失声痛哭了。回到家中，妻子一瞧见我，就面如土色。她听我告诉她发生了什么事，便不断重复说，可怜的麻雀，你对我讲的什么呀？她按照习惯，总往最坏里想，已经看到我们在那穷乡僻壤，我在拾粪，而她在挤羊奶。

这种状况，也总是在床上收场：比起那些倒霉的建筑师来，我们喘息呻吟得更厉害了。

事后，我们喝了杯咖啡，以助相互劝慰而宽心。你就打主意，糟踏他的住宅，对不对？她朝我抛来一句，想笑却笑不出来。我求她不要再揭我这个短了，并且向她保证，如果不撤了我这个工作，那座住宅，我一定修缮成全阿尔巴尼亚最美的建筑。只要他们让我从容去做，我重复道，只要让我去做……

在惶恐不安中过了一周，终于接到了政府住房管理处的电话，我听得出来，没有任何变化。

我仿佛又活过来，就急不可待，好不容易盼到天亮，急匆匆赶往工地。图纸上的尺寸、弧线、草图，似乎也都急于要重聚在我手中。一瞬间，它们之间就结合成一种内在的和谐，真让我觉得，就在我睡觉的夜间，它们静悄悄地精益求精，臻于完美了。这种情况整整持续了两天。我的两名助手并不掩饰他们的惊叹。此后他们常窃窃私语："真是杰作！"再也不担心这话被当作溜须拍马了。午后，到了我们一起喝咖啡的时刻，有时谁也不说一句话，但是显而易见，我们的心思都集中在正实施的设计方案上。

恰恰就在这样一个午后，在一种震颤着激情的沉默妙不可言的氛围中，我险些喊出来："傻瓜！"从那两个人注视我的表情来，我能想象出我这种傻笑，准会让我妻子毛骨悚然，因为她了解我装笑用来向她掩饰秘密。回想那短暂的狂怒，愚蠢的念头，竟然要丑化修缮的方案，我忍不住要大笑起来。再说了，这也许正是我一时冲动要干的事，并没有进一步想清楚，好在有什么东西，仿佛在一种补缺的作用下，突然翻转了。一种在哪里听到过的思想，在这冰冷的季节，又从遥远的记忆中浮现，猛然袭击我的心头：建筑艺术同所有事物一样，能要你命者，并非丑陋，恰恰相反，正是美轮美奂。

"国王、六驾马车……"

我那个匈牙利老师的话音，向我们讲述旧时代的一个事件：一位法兰西国王眼红他的一个诸侯的富丽堂皇的城堡，这段故事记忆犹新，鲜明得令人惊异。"国王六驾马车，趁着最黑暗的夜色疾驰……"二十五年前讲的这些话，恍若昨日，还在耳畔震响，同时我也感到，布达佩斯建筑科学院过热的大厅里，飘浮着的昏沉气氛渐渐侵袭周身。那诸侯不仅胆敢建造一座比王宫还美观的城堡，而且他还邀请君主莅临竣工典礼。

*国王六驾马车*①，*他们策马疾驰……*

我不愿意想下去，可是又控制不住。

午夜过后三小时，国王气得脸都变了形，同他的卫队又飞驰奔向巴黎。

你觉得不适吗，老板？一名助手问道。

我真拿不准该点头还是摇头。想到后来处决的不是那个建筑师，而是那个过分张狂的诸侯，倒令我稍稍心安一点儿了。对，那诸侯，就类似接班人，因为胆敢同君主争锋而遭受惩罚……

我小口喝着第二杯咖啡，心里突然出现这段记忆，当然不是偶然的。如同一片雾霾，忽然被一束阳光照亮，断断续续的话语、闪避的目光、令人尴尬的沉默，在我的头脑里乱作一团。这座住宅，要变得无比辉煌……美不胜收……甚至胜过……胜过那……

---

① 原文为匈牙利文。

策马飞驰，灯笼的光亮划过幽暗房舍的门脸，王驾也渐行渐近巴黎。车厢里比夜还要黑，国王不停地咀嚼着对他那臣子的报复。

国王六驾马车①，我在心里机械地重复教授的话，但这回讲的是蒙古语，而不是匈牙利语了。这是一句玩笑话，忽然在大学生之间流行起来，因为毫无逻辑可言，就更容易传开了。下课之后，很快就开始了：我们走进食堂吃午饭，那个斯洛伐克学生约翰，模仿教授的声调，远远就向女服务员抛去一句：国王六驾马车，外加土豆泥！我们全都放声大笑，等到平时极为胆小的蒙古生贡格也高声嚷道：我也要国王六驾马车！……笑声就化作欢呼声了。在全场大笑的时候，不可避免的事情发生了：我们请那个蒙古生告诉我们，这句引语用他的母语怎么讲，结果奇怪的是，这个名句在科学院扎根的是蒙语。

咱们出去透透气好吗，老板？我的两名助手胆怯地提议。

走在路上，我越发感觉不好受了。我还急于回去，要重新审查施工方案。

一种恶念，现在似乎落到方案上。

---

① 原文为蒙古语。

我尽量沉下心来：那是另一个时代，净出随心所欲的国王和没有头脑的诸侯。然而，内心发出一种声音在反驳我：制度跟习俗一样，能改变大教堂的风格，但是罪恶依然一成不变。嫉妒，罪恶的第一动因，往往被人忽略，非但没有淡出，反而变本加厉了。

我的目光锁住方案。我还从未想到，可以从这个角度考虑进行谋杀。我抓住尺子和铅笔，就觉得是操起了罪恶的匕首，心里不时地念叨：现在我还有能力避免那种必然的结局。把这些利刃变成救护的工具，譬如外科大夫的手术刀。

这就是我心中的打算……只需改动方案，破坏比例内在的和谐，总之丑化。

这样的念头，尤其在午夜时分，猛烈地冲击我。在这发善心的时刻，正如我所称谓的时刻，就不要再模棱两可，拯救一条命吧，甚至拯救一个家庭，也许数百家庭的性命！

于是，我似乎下定了决心。可是到了早晨，另一种倾向，错误的念头，又在我心里毫不费力地占了上风。看起来，艺术美并不认同怜悯，而且情愿与死亡，而非同生命不谋而合。

我再次力求沉下心来。那段历史，发生在三个多世纪之前，那完全是另一个时代，私有制，法律也大相径庭。然而，这丝毫阻止不了我痛恨法兰西国王。凌晨时分，他还风尘仆仆，就写诏书处死他那臣子。同样，导师无比怨恨接班人。接班人生前，住得近在咫尺，竟敢建造一座比他那宅第更美观的住宅。不难想象，等他一死，接了班的雕像会达到多高。

我晕头晕脑，一回到设计室，就埋头看设计方案，以便最后实施。我去掉一座阳台，缩短两根立柱，不过这样一修改，非但没有损害，反而使草案更加完美了。

如果有人了解我内心的悲剧，那他肯定会把我视为没有气量的庸人，阴险恶毒地寻求报复，而在接班人家中用餐所受的冒犯已过去很久了。

我的灵魂可以作证，这种冒犯早已从我的心间抹掉了。眼下正在发生的情况，可以随便同什么联系起来，惟独与这段插曲无关。

完全是另一码事。百倍千倍更为秘密、同样更为痛苦的事。这便是我的地狱，我曾暗自发誓，直到最后一息，绝不向任何人透露。这种痛苦关系到艺术。我背叛了艺术。我亲手扼杀了自己的才华。我们所有人的行为都大同小异，而大部分人都为自己的失节找到一种托词：我们所生活的时代。

这就是我们的借口、我们的烟幕、我们的背叛。毋庸置疑，艺术上有社会主义现实主义，有法律，而且说是法律，不如说是恐怖统治；然而，我们毕竟还能画一些和谐的线条，哪怕是碰碰运气，如同在睡梦中。可是，我们的双手一直那么迟钝，只因捆绑着我们的灵魂。

也许我是寥寥数人中的一个，在内心提出这个命中注定的问题：我有没有才华？究竟是时代将我的肢体化作木石，还是我无论生长在哪个时代，都会这样僵化呢？无论资本主义、封建主义、异教的末期、基督教的初期、洞穴时代、宗教裁判所时期，还是后印象派年代。生活在所有这些时期，我还不是照样呼喊哀叹：我是一位伟大艺术家，然而，正是图特迈斯①法老阻碍我发挥才能，正是卡利古拉②皇帝、麦卡锡③参议员、日丹诺夫④……

一天下午，经过一阵心潮翻滚之后，我向妻子袒露

---

① 图特迈斯，不详。
② 卡利古拉（12—41），古罗马帝国皇帝，37 年—41 年在位，因疯癫而成为暴君，后被群臣杀害。
③ 麦卡锡（1908—1957），美国共和党参议员，臭名昭著的麦卡锡主义的创始人。他毫无根据就指控共产党在政府高级机构进行颠覆活动，一时非常猖獗。1954 年 12 月 2 日，参议院通过决议，正式谴责他的行政。
④ 日丹诺夫（1896—1946），苏联党政官员，文化工作的领导人，二次大战后，要求政府对文学艺术进行严格控制，提倡一种极端反西方的文化偏见。

心扉,她眼含热泪回答说:你这样痛苦是因你与众不同。

也许是这样……在这漫漫无边的荒原上,是她为我播下第一颗希望的种子。

接班人请我吃午饭,我感到受了羞辱的同时,就仿佛已经预尝了荣耀的滋味,当然淡淡的,还不十分清晰。我固然受人冒犯……但是在君主的餐桌上,就像往昔我那些杰出的同行,在尼禄①、中国皇帝、斯大林、忽必烈的餐桌上。情况跟他们一样,威胁要把我放逐。

后来,对惩罚的恐惧一过,我又回到设计室,非但没有感到双手更紧地绑在这段记忆上,情形却正相反。想必我的头脑里,有什么东西解禁了。这种解放突然给我一种印象,仿佛跨越了长虹——那条想象的通道,孩子们确信一通过,男孩就能变女孩,女孩也能变男孩。

我的确有这种感觉,但是另一种意义的跨越:逃脱了平庸的荒原。这是我唯一的救生板。

在翻新方案中受审美的引诱,我的头脑自然而然生出了这一切。在审查设计方案时,我往往自言自语:这正是一位共产主义领袖的宅第。在公有制占主导的国家

---

① 尼禄(37—68),古罗马帝国皇帝,54年—68年在位,历史上有名的暴君。

中，一所私有住宅。一座两性同体的建筑：一半旧体，建于王朝时期；一半新体，建于现时。这就是为什么，这座建筑极具异国情调，仿佛来自遥远的地方，体现梦幻般的美。

可是，国王那六驾马车，还不时照旧飞驰，穿越我的脑际。我也执意不予关注，一心只为我的艺术负责。其余的事与我无关。

我清醒地意识到，我这是赌上一条性命。

我深信要建造起一座举行葬礼的圣殿。常言道：一种致命的美……

如果你想拯救这房子的主人及其家人，那就倒退几步，为平庸做出牺牲。内心的声音这样叮嘱我。与此同时，另一种声音也在坚持：你同他们毫无关系，艺术是你的志向，你必须遵循艺术的法则。即使你的艺术会酿成惨案，你的双手依然是清白的。无丧事则无艺术。也正是丧事造就了艺术凄美的伟大。

差不多正是这种时候，我听说了地下通道。我首先感到轻松了。已经设计出了一种谋杀的方案，与我毫无关系，也牵涉不到我的修缮方案。完全是另一套方案，有人早就想到，凶手必须掌握一条秘密通道，可以偷偷潜入住宅。那不是我，而是另有其人。

这种轻松好景不长。我很快就想起来，这种传闻是接班人的儿子告诉我的。这无疑是他自己编造的，无疑是他思索领导人之间奇异关系的结果。他以可笑的方式提起那种关系，等同于血脉关系，同样有一天，他把那地下通道比作脐带。

然而，即便是胡思乱想的结果，这样煞费苦心的作品，也还是同我的方案脱不了干系。这个作品和我的设计方案同时诞生，绝不是偶然的。我试图排除也是枉然，这条地下通道成为我这方案的一部分。一切都源于此。凶手们要借用此通道，是按照我的指令，也仅仅遵循我的指令。他们要按照我的指令杀人①……

这个念头，整天整天挥之不去。这其中有什么东西，跟厌烦一样反复不断。全家人的命运攥在我的手心。我只需改变住宅，凶手们就得蹲在通道里等上几个世纪。否则的话……一天天过去，工程接近尾声。住宅一直被脚手架遮掩。我觉得所有人都在焦急地等待拆掉脚手架，焕然一新的住宅亮相。

进入九月份，树叶开始悄悄地飘落。订婚礼之前数日，脚手架在夜间拆除了。周围一片死寂。

订婚礼的日子，星期天下午，我进入宅门时，宾客已经到了。一片喜气洋洋的氛围，掺杂着欢欣和无拘无

---

① 原文为匈牙利文。

束，让我颇感陌生。苏姗娜身穿亮丽的衣裙，她独自一人，似乎就体现了建筑布局的和谐。

祝贺的声浪来自四面八方。这座房顶下多么幸福！建筑师是哪一位？啊，是您呀，建筑师：祝贺，祝贺，太美妙啦！

第二杯香槟酒喝下肚，我真想高声说道：随便你们谈什么都行，就是不要夸赞这座建筑！这里用不着你们的评语，发发慈悲，你们闭上眼睛吧！

然而太迟了。凶手们已经在下面安营扎寨，在黑暗中，在地基的下面。*不得收回成命*①……

我发现导师的目光凝滞时，最后一线希望之光便在我的头脑里显现。尽管他还力图掩饰，失明的最初征象已经很明显了。他根本看不见，我心中暗道。无论什么，他再也不能明晰分辨了。我不由自主，想象他正在住宅里转悠，步履蹒跚，像盲人那样摸索着墙壁，想要大概了解物品或者什么人。这样触摸，还不可能分辨美与丑。

我在心里这样想，可是我一瞥见他身边妻子的眼神，这线希望当即破灭了。她那双眼睛皱着眉头，一副讥笑的神情，注视着一切，仔细察看极小的细节。我不

---

① 原文为匈牙利文。

免想道：但愿不是她，而是他还能看见就好了。我始终不知道，导师夫妇走后，仪式一结束发生了什么情况。

国王六驾马车①……既不需要马匹，也用不着马车。在两座住宅，导师和接班人的住宅之间，路程并不遥远。这就足够了。

---

① 原文为蒙古文。

第七章　接班人

　　你们，通灵者，秘术师，你们了解秘密事物和通往神秘之路。不过，我还要向你们重复第一千零一遍：让我安宁点儿吧！我即便愿意，也不可能提供给你们寻找的东西。这一向是无从传递的，并不是因为我要什么脾气，也非关你们不专业，而是事情本质使然。

　　我是另类。就好像这样还不够，我是不完整者。我没有坟墓，也缺了半个脑壳，经过反复埋葬，左拖右拽，竟不顾忌地扔进口袋里或塑料布上，埋进土块和石子中，这样折腾下来，我的一部分已经丢失了。这还是微不足道的。纵使我完整无缺，用防腐香料保存在大理石棺中，你们从我这儿所摄取的，也只能是雾气和混沌。

　　另类，我在一种不同的意义上接受是另类。一种无限异化的另类，即这种相异性的每个环节，还能产生另一种相异性，而新的相异性又产生一种相异性，如此类推,这就使得我们之间绝难沟通。

我原是后来者。但这不是个距离的问题,就像登上观礼台或者追思台时,我走在导师的身后,总要保持内步的距离。这也不是个我在他之后统治多少年的年历问题。不,事情要复杂得多。

我们构成一个特殊的种类,彼此之间不可能理解。不过,我们为数极少,因而在芸芸众生下面的这个世界和黑暗漩涡中,我们能和一个同类相遇的机会很少,可以说极少——每千年,甚或万年才会有一回吧?

正是这种机会,在一个夏天的夜晚,我遇见一个孤独游荡的被烧焦的身影,仿佛是我的同类。看起来,也恐怕不是,因为我打招呼他没有反应。抑或他没有认出我来,谁也不能断言,像我这样一个只满足于半个脑壳的家伙,比一个烧焦的家伙更容易辨认。

错失这次良机,我真的很遗憾,终究未能和一个同类交谈两三句,彼此透露一点谜底,至少一起感叹:他们把我们置于什么境地!我这种愿望十分急迫,不免回头望去,可是这工夫,他在无际的天空中,已经变得模糊不清了。我只能这样想聊以自慰:此后也许等两千年,或者一万两千年,我们还会有相遇的机会。

对他,我的同类,我可以讲讲我的遭遇,对你们则万万不能。因为,我们之间有通行的语言,反之,我们的种类与你们的种类沟通的语言，在人世间还没有发明出来，而且永远也不会出现。

因此，无论谈什么事，我们彼此都不能理解。同样，关于十二月十三日夜间冲击我的种种猜疑，至今阿尔巴尼亚社会发生了变化，还依然难以消除。当初世界就是天翻地覆也难以想象，阿尔巴尼亚会有变化的一天。然而，这种情况最终还是发生了。尽管发生了这种天翻地覆的变化，我之谜，确切点说，我和导师的共同之谜，却始终解不开。无论档案开禁，迟做的尸检，验证我的遗骨，还是阿拉斯加、克里姆林①、受诅咒的山峰②，或者以色列秘密情报机构的那些通灵者，都未能穿透裹住我们秘密的硬壳。

年复一年，问题延续不断：十二月十三日那天夜晚，究竟发生了什么？是什么缘由，接班人倒下？谁开的枪？

那天夜晚……噢，根本就无法解释。从那天夜晚本身开始。十二月十三日之夜，果真存在过吗？很难说。我躺在床上，等待我妻子再给我端一碗洋甘菊茶，感到睡意袭来。她不时走到窗前，仿佛要在黑暗

---

① 似指莫斯科的克里姆林宫。
② 法文为 Les Cimes Maudites，应指阿尔巴尼亚境内的一群山峰。

中捕捉什么。我在昏昏欲睡中，神思已经在次日上午全会会场，正在回答同样的问题。几个小时之后，我进入会场，这回不再是我的肉体，而是我的精神。会上谈论我，就好像我还活着，导师强忍着哭声，表明态度：而现在，你，亲爱的同志，经过这次可怕的打击之后，你要回到我们队伍中来，要让自己重新成为党不可或缺的人！

然而，我已经在停尸房里，他们开会，就好像什么也没有发生，就好像没有十二月十三日的夜晚，而是代之以另一套场景，一种替代景象，一种反自然的剪贴，连接起昨天和次日，阻止时间一夜的过渡。或者使时间倒流。

时间的这种反向，在谁看来都觉得怪异。我看却毫不奇怪。这是我的生存的组成部分，同样体现这种生存的本质与外表。

我的一生与人的一生毫无共通之处。在这种情况下，人通常说：一种"狗命"。接班人的一生，其实还要糟。我就是那后来的人，事先被指定要坐到导师的位置上。导师就曾这样提醒所有人，首先提醒他本人，有朝一日他不在了，而我还要继续活在世上。

有些日子，这种想法令我毛骨悚然。我在心中发问：他本人怎么能容忍这种想法。他怎么能容忍我，怎么能容忍其他人接受这种条约。为什么他不反抗而大吼：在哪儿见过这种情况：事物还在进行，事先就最终确定呢？为什么这样取向，为什么这样调整，同坟墓连在一起呢？世间并不遵循已定的秩序死亡者，不是大有人在吗？为什么在他这情况下，确切地说，在我们二人这种情况下，就非得不惜任何代价，倚重这种秩序呢？

当惶恐的心情稍微缓和下来时，我倒挺怜悯他的。他那么慷慨大度，我深受感动，一时难以自控，准备投到他的脚下哀求：导师，您若是稍感反悔，那就给我去掉，收回这个头衔！有时，我还要走得更远，暗自对他讲：提出您的要求吧，我们全都准备好为您牺牲。提供给我们机会向您证明，这不是空话。这样的机会，首先让给我吧。在临终时刻，请允许我走出这必然的一步，丢下地位和我的躯体，直面走近的死神，为您作出牺牲。

我知道自己是坦诚的。或许有点过分坦诚了，就像四月的那天夜晚，晚饭后，我们二人在游廊逗留。我们回顾了历史的事件，尤其同一些盟友断绝关系的事以及别国的接班人。

我不知道有多长时间愣在原地！只知道每一分钟，我都觉得很难熬，因为我们可能谈起的所有话题，这一话题是最敏感的。我也不多思索便说道：很难说……继而，好像这样还不够，就接着补充道：清白还是有罪，我更相信他有罪。

他久久凝视我，眼神满含感动。接着，他离开长椅，走过来拥抱我。他因哭泣而胸脯颤动，并且喃喃说道：你是最忠实的，忠诚中的忠诚者！我感到他的泪水湿了面颊，内心猛然一阵撕裂。他这样哭泣，流这些眼泪，所为何来？我别是误解了吧？莫非我亲口承认了自己的命运，而他不是如人所说，在我的生前为我哭丧吗？

一夜未能合眼，我不断地回想他那哭泣和眼泪，似乎只能有一种解释：在我的坦诚面前抑制不住激动。我随口说出自己的想法，并未考虑我对别国接班人的一种背叛的怀疑，将成为我的不自觉供认——深埋在我潜意识里的一种念头。

我这样的自我安慰，可是转念又一想：我是不是坦诚得太过分哦？我这不是打自己耳光吗？日复一日，我窥视他对我的态度，丝毫没有发现那次晚饭后的谈话有什么后果，心想他可能忘记了。他的大脑，同每个人的大脑一样，也需要清理。过了一阵我才明白，我想错了。他什么也没有忘记。

等我的时刻一到，十二月十三日夜晚，接着十四日白天相继而至，他随即中止时光，刹那间我就明白了，他把钟表盘的时针往回拨一拨,从而恢复了事物的秩序。这种秩序,在他的头脑里乱了,当父子各自的位置混淆时,传奇故事就爱这样讲。

他在会议上讲话,我已不在场而听不见了,他讲话中间声音哽噎,就像四月一天晚饭后那样哭泣,也许那是第一次,他以为我情愿一死。

在大多数人看来,这种动情十有八九是装出来的,但是我所处的位置,比谁都更有利于了解真相。他那哭泣绝对是由衷发出来的。同样,还有许多别的事情,你们不可能明白。你们很难理解在这世上,我们之间即使相爱时,也相互仇恨,反之,我们相互排斥时,却又相互赞赏。尤其是十二月十四日那样的白天,或者十三日那样的夜晚所提供的机会。

啊,那天夜晚……

即使你们没有向我提出问题,那个夜晚照样继续吸纳半个我的不存在。户外电闪雷鸣。我妻子走到窗口,我很想问她:你是要找什么呀?玻璃窗外,只有黑暗和雨夜的凄凉。但是,我想问她都开不了口,这工夫,睡意已经侵袭了我。一种病态的昏沉,穿过一片片云团,瞪圆了眼睛,才勉强辨出我的头一个未婚妻,女游击队员,以及在她身边的我的卫兵,还像四十年前那样,在群山中,当时我们被敌人,那些民族主义武装分子追击，而我又发了高烧：我哀求他们，哀求她和卫兵把我解决了。打死我吧，我恳求他们，千万别让我落入他们手中……他们注视着我，我呆若木鸡。我在高烧中，看他们就像幽灵，时而化为三个身影，时而合成一体，骇人的半男半女。

我妻子离开窗户，凑到我近前，我正是把她看成我那第一个未婚妻，始终未能与我成婚的那个。还像四十年前，同她在一起的，是原来那个卫兵……两个人悄悄地走近前，卫兵靠后一点儿，迷雾中只有她一个人了，但是重又具有双重性，既是未婚妻又是妻子，仿佛合为一体，端来的不是洋甘菊茶杯，却是一把手枪的枪口对准我。我丝毫也不害怕，甚至暗自说道：难得过了四十年，他们才终于听取我的恳求！杀了我吧，我还像从前那样想道，千万别让我落到他们手中！突然间，一切皆空了。

我在这虚空中多少年，随风飘荡无所依，只觉得离去，却依然停留在原地；似乎原地不动，其实又不知道流向何处。就好像这无边无底的空间，一颗灵魂极少能遇见另一颗，令人绝望，在这虚空的腹心，正如我重复一千零一遍的，我们，接班人的，也同导师们一样，虽有忠实的随从，也无非是一小撮可怜的生灵。

你们徒然试图破译我们的信号，领悟这个或那个的动机。我们，导师和接班人，全都算上，我们已经形成一体，我们紧紧拥抱，又相互扼杀，我们竭力要揪下对方的脑袋，表现出了同样的疯狂。我若是导师的话，也要让他遭受同样的命运，而且以此类推：他和我，我和他，我们会不由自主，对调位置多达数十次，在永恒中重复发生多少次同样事件，就会有多少次对调。因此，我看见民众将他的雕像拉倒，砸烂他那铜铸的脑袋，既感觉不到安宁，也感觉不到欣慰。只有一种毫无结果的伤悲，一如我周围的一切，在这凄惨的地带，我被迫永世浪荡。

这就是我们的现状。

因此，我们用不着哀号，也不必感到遗憾。更不要期待中世纪幽灵出现，在塔楼和博物馆中飞旋，要求我们的子孙报仇雪恨。我们曾经是不合格的父亲，因而只能有不合格的妻子儿女。

你们也不必寻找我们错在哪里。我们只是宇宙大秩序中一种谬误的结果。我们组成受诅咒的群体，错误地来到这个世界，鱼贯而行，一个时而在另一个前面，时而在另一个后面，踏着血迹和灰烬，以便一直走到你们跟前。

我们既不祈祷，也不痛悔，因此，你们永远也不要考虑点亮蜡烛，为我们的灵魂祈福。你们还是为别的什么祈祷吧。你们应祈祷我们在宇宙黑暗的深渊漫无目的地流转，永远也不要远远望见夜色中地球的灯光，犹如凶手偶然踏上通往他们出生的村子的道路，我们从而高呼：啊，那不就是大地吗！如同凶手望见他们沉睡的村落，我们就要改变方向，那你们就倒霉了：我们再度回来，戴着只露出眼睛的风帽，双手沾满了鲜血，还像从前那样，既不痛悔，也不仁慈，更不感谢上帝。

写于地拉那——巴黎
二〇〇二年十月至二〇〇三年三月

"蓝色东欧"译丛(部分书目)

第一辑

- **《石头城纪事》**(小说)
  【阿尔巴尼亚】伊斯梅尔·卡达莱 著

- **《错宴》**(小说)
  【阿尔巴尼亚】伊斯梅尔·卡达莱 著

- **《谁带回了杜伦迪娜》**(小说)
  【阿尔巴尼亚】伊斯梅尔·卡达莱 著

- **《石头世界》**(小说)
  【波兰】塔杜施·博罗夫斯基 著

- **《权力之图的绘制者》**(小说)
  【罗马尼亚】加布里埃尔·基富 著

- **《罗马尼亚当代抒情诗选》**(诗歌)
  【罗马尼亚】卢齐安·布拉加等 著

第 二 辑

- 《我的疯狂世纪》（传记）
  【捷克】伊凡·克里玛 著

- 《我的金饭碗》（小说）
  【捷克】伊凡·克里玛 著

- 《一日情人》（小说）
  【捷克】伊凡·克里玛 著

- 《终极亲密》（小说）
  【捷克】伊凡·克里玛 著

- 《等待黑暗，等待光明》（小说）
  【捷克】伊凡·克里玛 著

- 《没有圣人，没有天使》（小说）
  【捷克】伊凡·克里玛 著

- 《花园里的野蛮人》（散文）
  【波兰】兹比格涅夫·赫贝特 著

- 《带马嚼子的静物画》（散文）
  【波兰】兹比格涅夫·赫贝特 著

- 《海上迷宫》（散文）
  【波兰】兹比格涅夫·赫贝特 著

- 《父辈书》（小说）
  【匈牙利】瓦莫什·米克罗什 著

第三辑

- **《乌尔罗地》**（散文）
  【波兰】切斯瓦夫·米沃什 著

- **《路边狗》**（散文）
  【波兰】切斯瓦夫·米沃什 著

- **《第二空间——米沃什诗选》**（诗歌）
  【波兰】切斯瓦夫·米沃什 著

- **《无止境——扎加耶夫斯基诗选》**（诗歌）
  【波兰】亚当·扎加耶夫斯基 著

- **《捍卫热情》**（散文）
  【波兰】亚当·扎加耶夫斯基 著

- **《索拉里斯星》**（小说）
  【波兰】斯塔尼斯瓦夫·莱姆 著

- **《遗忘的梦境——查特·盖佐短篇小说精选》**（小说）
  【匈牙利】查特·盖佐 著

- **《流星——卡雷尔·恰佩克哲学小说三部曲》**（小说）
  【捷克】卡雷尔·恰佩克 著

- **《神殿的基石——布拉加箴言录》**（箴言）
  【罗马尼亚】卢齐安·布拉加 著

- **《十亿个流浪汉，或者虚无——托马斯·萨拉蒙诗选》**（诗歌）
  【斯洛文尼亚】托马斯·萨拉蒙 著

第四辑

- 《耻辱龛》（小说）
  【阿尔巴尼亚】伊斯梅尔·卡达莱 著

- 《三孔桥》（小说）
  【阿尔巴尼亚】伊斯梅尔·卡达莱 著

- 《接班人》（小说）
  【阿尔巴尼亚】伊斯梅尔·卡达莱 著

- 《绝对恐惧》（小说）
  【捷克】博胡米尔·赫拉巴尔 著

- 《严密监视的列车》（小说）
  【捷克】博胡米尔·赫拉巴尔 著

- 《雪绒花的庆典》（小说）
  【捷克】博胡米尔·赫拉巴尔 著

- 《温柔的野蛮人》（小说）
  【捷克】博胡米尔·赫拉巴尔 著

- 《无常的夏天》（小说）
  【捷克】弗拉迪斯拉夫·万楚拉 著

- 《赫贝特诗歌精选》（诗歌）
  【波兰】兹比格涅夫·赫贝特 著

- 《垃圾日》（小说）
  【匈牙利】马利亚什·贝拉 著

• 部分书名为暂定，以出版时为准 •